Croquis Parisiens

巴黎速写

［法］乔里-卡尔·于斯曼/著

刘姣　田晶　郭欣/译

中国青年出版社

（京）新登字083号

图书在版编目（CIP）数据

巴黎速写／［法］于斯曼著；刘姣、田晶、郭欣译．—北京：中国青年出版社，2015.3
（作家与城）
ISBN978-7-5153-3092-1

Ⅰ.①巴… Ⅱ.①于…②刘…③田…④郭… Ⅲ.①散文集－法国－近代
Ⅳ.①I565.64

中国版本图书馆CIP数据核字（2015）第008444号

责任编辑：李 茹 liruice@163.com
特约编辑：王瑜玲 徐 心 郭 欣
装帧设计：瞿中华
封面插图：李清睿

出版发行：中国青年出版社
社址：北京东四十二条21号
邮政编码：100708
网址：www.cyp.com.cn
编辑部电话：（010）57350508
门市部电话：（010）57350370
印刷：北京科信印刷有限公司
经销：新华书店
开本：787×1092 1/32
印张：5
字数：72千字
版次：2015年3月北京第1版
印次：2015年3月北京第1次印刷
定价：24.00元

本图书如有印装质量问题，请凭购书发票与质检部联系调换
联系电话：（010）57350337

目录

缘起·代序

　　"作家与城"系列是一套奇妙的作品。

　　之所以说是"奇妙",一是缘于成书的方式——图书的引进、实现者就是它的读者,这些古老的经典,借由互联网的思维方式在当下呈现。

　　书的选题全部来源于中国最大的译者社区——"译言网"用户自主地发现与推荐,是想把它们引进中文世界的读者们认定了选题,而这些书曾影响了那个时代,这些书的作者成就了作品,也成了大师。

　　每本书的译者,在图书协作翻译平台上,从世界各地聚拢在以书为单位的项目组中。这些天涯海角、素昧平生，拥有着各种专业背景和外语能力的合作伙伴在网络世界中因共同的兴趣、共有的语言能力和相互认同的语言风格而交集。

书中的插图是每本书的项目负责人和自己的组员们，依据对内容的理解、领悟寻找发掘而来。

每位参与者的感悟与思索除了在译文内容中展现，还写进了序言之中，将最本初的想法、愿望、心路历程直接分享给读者。因此，序也是图书不可分割的内容，是阅读的延伸……

所以，这套书是由你们——读者创造出来的。

二是缘于时间与空间的奇妙结合——古与今、传统与现代在这里形成了穿越时空的遇见。

百多年前的大师们，用自己的笔和语言，英语、法语、德语、日语……来描摹那时的城市，在贴近与游离中抒发着他们与一座城的情怀。而今天的译者们，他们或是行走在繁华的曼哈顿街头，在MET和MOMA的展馆里消磨掉大部分时间；或是驻足在桃花纷飞的爱丁堡，写下"生命厚重的根基不该因流动而弱化"这样的译者序言；

又或者流连在东京的街头，找寻着作为插图的老东京明信片……他们与大师们可能走在同一座城的同一条路上，感觉着时空的变幻，文明的演化，用现代的语言演绎着过去，用当代的目光考量着曾经的过往。

然后，这些成果汇集在了"译言·古登堡项目"中，将被一个聚合了传统与现代的团队来呈现。这里有——电脑前运行着一个拥有着400多位图书项目负责人、1500多名稳定译者，平台上同时并行着300多个图书项目的译言图书社区小伙伴们；有对图书质量精益求精的中青社图书编辑；有一位坚持必须把整本的书稿看完才构思下笔的设计师……一张又一张的时间表，一个又一个的构思设想，一次又一次的讨论会……

就这样，那些蜚声文坛的大师们、那些他们笔下耳熟能详的城市带着历史的气息，借由互联网的方式进入了中文世界，得以与今天翻开这本书的你遇见……

好的书籍是对人类文化的礼赞，是对创作者的致敬。15世纪中叶，一个名叫约翰内斯·古登堡的德国银匠发明了一种金属活字印刷方法。从此，书籍走出了象牙塔，人类进入了一个信息迅速、廉价传播的时代，知识得以传播，民智得以开启，现代工业文明由此萌发。

今天，互联网的伟大在于它打破了之前封闭的传承模式，摒弃了不必要的中间环节。人的一生何其短暂，人类文明的积淀浩如烟海，穷其一生的寻寻觅觅都不可能窥探其一二。而互联网给人们、给各个领域以直面的机会，每个人都可以参与，每个人都有机会做到。人类文明的积淀得以被唤醒、被发现，得以用更快、更高效的方式在世界范围内传播。

"让经典在中文世界重生"——"译言·古登堡项目"的灵感是对打开文明传播之门的约翰内斯·古登堡的致敬。这个项目的创造力，来自于社区，来自于协作，来自于那些秉承参与和分享理念的用户，来自于新兴的互联网思维与历史源远流长的出版社结合在一起的优秀团队。

从策划到出版是"发现之旅"——发现中文世界之外的经典，发现我们自身；是"再现之旅"——让经典在中文世界重生。这套作品的出版是对所有为之付出智慧、才华、心血的人们的礼赞。

这是多么奇妙的事情，多么有意思的事业。

我的朋友，当你打开这本书的时候也是开启了一段缘。我们遇见了最好的彼此。也许，你就是我们下一本书的发现者、组织者或是翻译者……

所以，这就让这段"缘起"代序吧。

作者小传

　　乔里-卡尔·于斯曼（Joris-Karl Huysmans，1848—1907）是19世纪法国伟大的小说家和艺术评论家，西方现代主义文学转型期的重要作家，象征主义的先行者。

　　于斯曼的父亲是一位荷兰裔石版画艺术家，母亲是一位法国小学教师。他于1848年2月5日出生在巴黎絮热街（Rue Suger）11号，1907年5月12日在位于圣普拉西德街（Saint-Placide）31号的公寓中去世，两处地址都在巴黎的第六区。这一街区中如今有一条以他命名的"于斯曼街"（Rue Huysmans）。

　　经过法学专业的短暂学习后，于斯曼于1868年进入法国内政部工作，直至1898年退休。从19世纪的最后25年到20世纪初离世之前，他一直积极活跃在法国的文学和艺术领域。于斯曼的文学活动分两个时期：前期他是自然主义的拥护者，后期是现代派的先锋。

从自然主义小说家到颓废派作家

1874年，于斯曼出版了第一部作品——名为《杂味糖果盒》（Le Drageoirauxépices）的诗集，以此向一些荷兰和弗拉芒画派的画家（伦勃朗、鲁本斯、勃鲁维尔等）及法国中世纪诗人弗朗索瓦·维永(François Villon)致敬。如果说这部年轻时代的作品尚能隐约显示出浪漫主义和现代诗歌对于斯曼的影响，它更见证了其作为现实主义作家的才华，以及对自然主义美学的明显倾向。

于斯曼受自然主义灵感启发创作的第一部小说《玛特，一个女子的故事》（Marthe, histoire d'une fille）出版于1876年，讲述了一位年轻巴黎女子受迫于肆无忌惮、贪得无厌的社会，不得不出卖肉体以求生存的挫折人生。由于惧怕法国当时的审查，于斯曼首先在布鲁塞尔出版了这部小说。同年，他与左拉成为朋友，并撰写了一篇言辞有力的文章，公开支持左拉当时备受争议的作品《小酒馆》（L'Assommoir)。这篇文章作为自然主义最初的宣言之一，至今在文学史上占有一席之地。于斯曼的第二部小说《华达尔姊妹》(Les Sœurs Vatard) 依旧延续自然主义风格，他将这本出版于1879年的书题献给自己心中的文学大师左拉。

当时，于斯曼加入了以左拉为首的文学团体"梅塘集团"，经常与莱昂·埃尼克、亨利·塞阿、莫伯桑等作家聚会于左拉的梅塘别墅，并在自然主义流派作家合编的《梅塘晚会》（1880）六人集里，发表了他的中篇小说《背上背包》（Sac au dos），以反讽的笔调描写了他在普法战争中短期的行伍生活。次年出版的《同居生活》(En ménage)及1882年的短篇小说《随波逐流》（À vau-l'eau）均描写了被"残酷的现代生活"所折磨的反英雄们暗淡无味的人生，肮脏猥亵的情节中有时表露出极其突出的黑色幽默，具有叔本华式的悲观主义色彩。

1884年出版的《逆流》（À rebours）是他的最重要的

作品，于斯曼自此与自然主义美学决裂，转入后一阶段的创作。小说的主人公德塞森特远离现代生活，拥有古怪的纨绔子弟情趣，倾向于颓废生活的审美趣味。他嗜读波德莱尔、魏尔兰、马拉梅等象征主义先驱的作品，为自己建造了一个完全人为的神秘精神世界。这部作品在文学史上具有独特的地位，它在带有浪漫主义色彩的叙述中肆意融入关于艺术和文学的遐想和思索，这样的写法在以往的小说中似乎并不多见。此书也无疑显示出于斯曼愤世嫉俗的风格，他试图通过这部小说开启一条被自然主义堵死的道路，随之也给自己提出信仰的问题。

皈依天主教的文学家

法国作家巴贝·德奥尔维利(Barbey d'Aurevilly)在阅读过《逆流》之后预言，于斯曼有朝一日将要在"手枪枪口和十字架脚下"之间做出选择——或者自杀，或者皈依宗教。在出版了一部"黑色之书"《在那儿》（Là-bas）之后，于斯曼决定创作一部探索基督教神秘世界的"白色之书"，并将这种前所未有的文学形式命名为"精神自然主义"。这部1895年发表的《上路》（En route）便是作者皈依天主教的开始。随后发表的《大教堂》(La Chathétrale, 1898) 和《献身修道院的俗人》(L'Oblat, 1903)表达了他对天主教的神秘和象征的憧憬，以及他在修道院的生活。同一时期，于斯曼专注于研究巴黎宗教建筑的宝藏，完成了多部专题著作以及针对很多古迹的历史性研究。他的兴趣涉及所有形式的宗教艺术，从神秘主义文学到宗教素歌，再到宗教绘画和雕塑。他也曾离开巴黎，在多个修道院中隐居，甚至一度欲求献身修会。通过这一时期的三部小说（《上路》《大教堂》和《献身修道院的俗人》），于斯曼开启了法国文学家皈依宗教的潮流，如保罗·布尔热（Paul Bourget）和保尔·克洛岱尔（Paul Claudel）等众多20世纪初的法国作家都曾受到影响。

艺术和文学评论家

于斯曼出生于艺术之家，其父是一位荷兰裔石版画艺术家，而其祖辈中最著名的科内利乌斯·于斯曼（Cornelius Huysmans）曾是17世纪安特卫普的一位画家，作品至今被卢浮宫收藏。因此，于斯曼曾将自己的原名（Georges-Charles）改为能显示出其荷兰血统的名字（Joris-Karl）并以撰写荷兰画家的作品描绘在艺术评论界起步。从1876年起，作为艺术专栏作家的他为多份报刊撰写艺术沙龙展的评论。他曾慧眼识珠地发现了很多作品被官方展览会拒绝的年轻艺术家，并十分欣赏爱德华·马奈的作品；也曾是推崇印象派画家并使他们为大众所知的这场斗争中的领军人物，莫奈、德加、热尔韦、塞尚、高更等画家的画作都曾被他推广。

　　1889年前后，于斯曼发现了奥迪隆·雷东（Odilon Redon）、居斯塔夫·莫罗（Gustave Moreau）、让·弗朗索瓦·拉法埃利（Jean-Francois Raffaelli）等画家的作品，在人们对象征主义绘画的认识上起到很大程度的推动作用。随后，于斯曼把自己的众多艺术专栏文章集结成两本作品集：《现代艺术》（L'Art moderne, 1883）和《一些人》（Certains, 1889）。莫奈在阅读后说道："还从没有人对现代艺术家做出过这样好、这样高的评价。"

　　在皈依天主教之后，于斯曼重新发现宗教艺术，尤其是原始派绘画，曾为马蒂亚斯·格吕内瓦尔德(Matthias Grünewald)、罗吉尔·凡·德尔·维登(Rogier van der Weyden)、昆丁·马西斯（Quentin Massys）等画家的作品撰写过精彩评论。

于斯曼同时也是一位文学评论家，在1876—1904年曾撰写过大量文学评论作品，形式包括对于一些著作的研究（如左拉的《小酒馆》、缪塞的《伽米阿妮》等）、作家的人物肖像（波德莱尔、福楼拜、莫泊桑、爱德蒙·德·龚古尔、马拉美……）、为他人作品撰写的序言，以及在自己小说中加入的文学思考。

他批评古典拉丁文学形式的枯燥，但同时却对一些地位较低的诗人致敬，认为他们的作品更令人兴奋。他指责法国古典文学和浪漫主义潮流（首当其冲的就是雨果、拉马丁和梅里美），以便更好地为从波德莱尔到左拉的现代文学代表辩护。1880年代中期，于斯曼大力支持象征主义文学，尤其对马拉美作品的推广起到重要作用。

在皈依天主教之后，他的主要兴趣转向天主教作家，以及一些特定的宗教著作，比如左拉的《鲁尔德》

（Lourdes）和魏尔伦的《宗教诗歌》。

　　于斯曼因颌骨癌于1907年去世，他的坟墓就在巴黎左岸的蒙帕纳斯墓地。在其生前的好友、法国作家吕西安·德卡夫（Lucien Descaves）的倡导下，旨在纪念这位作家，研究和发扬其文学作品的于斯曼协会于1927年创建。

　　乔里-卡尔·于斯曼的作品语言灵活多变，内涵丰富，细节描写令人叹为观止，以物质形象体现精神世界，并带有反讽色彩。于斯曼精于小说的创新，擅长对颓废主义和悲观主义进行深度剖析，因此评论界时常将他与叔本华并列。这部《巴黎速写》（Croquis Parisiens）集合了于斯曼对巴黎这座城市的社会生活与习俗的敏锐观察，描写细致入微，文字风格多变，为后人带来第一手对巴黎城市的描绘与论述。

于斯曼主要作品列表

— Le Drageoir aux épices 《杂味糖果盒》(1874)

— Marthe, histoire d'une fille 《玛特，一个女子的故事》(1876)

— Les Sœurs Vatard 《华达尔姊妹》(1879)

— Sac au dos 《背上背包》(1880)

— Croquis parisiens 《巴黎速写》(1880)

— En ménage 《同居生活》(1881)

— Àvau-l'eau 《随波逐流》(1882)

— L'Art moderne 《现代艺术》(1883)

— Àrebours 《逆流》(1884)

— En rade 《抛锚》(1887)

— Un dilemme 《两难抉择》(1887)

— La Retraite de monsieur Bougran 《布官先生的退休生活》(1888 ; 1964年出版的遗作)

— Certains 《一些人》(1889)

— La Bièvre 《海狸河》(1890)

— Là-bas 《在那儿》(1891)

— En route 《上路》(1895)

— La Cathédrale 《大教堂》(1898)

— La Bièvre et Saint-Séverin 《海狸河和圣赛芙韩》 (1898)

— Les Gobelins ; Saint-Séverin 《花毯编织厂；圣赛芙韩》(1901)

— Sainte Lydwine de Schiedam 《斯奇丹的圣·莉德温》(1901)

— De tout 《关于一切》(1902)

— L'Oblat 《献身修道院的俗人》(1903)

— Trois Primitifs 《三个原始派画家》(1905)

— Les Foules de Lourdes 《鲁尔德的人群》(1906)

— Trois Églises 《三座教堂》(1908)

1879年的
女神游乐厅※1

1

　　摆脱了发节目单的小贩和擦鞋匠的各种吆喝叫卖声，就穿过了柜台进入了剧场。一个留着红色小胡子、胸佩红色绶带、装着木质假肢的小伙子穿梭于入座的男士间，在颈戴链子的门房之协助下收票。舞台的布景，就如同被挤满观众的楼座从幕布当中劈成两半。人们可窥见幕布下方

※1　女神游乐厅（Folies-Bergère）：巴黎著名的剧院夜总会，位于第九区，在1890年代至1920年代到其鼎盛时期。——译注

两个被栅栏围着的舞台提词人窗口，和前方马蹄形乐池上人头攒动的管弦乐队。那里高低不平又躁动不安，男士涂满发蜡闪着单调油光的头顶上方，女士礼帽上一簇簇羽毛和花环正光芒四射地尽情舞动。

　　一阵喧闹从平静下来的人群中升起。一股热气混合着各种气味笼罩了剧场，观众脚踏地毯和拍打座位时呛人的灰尘也弥漫其中。雪茄和女士身上的香味愈加浓烈，镜子将燃烧得越来越旺的煤气灯光反射到剧场另一方。这时，人几近无法在剧场中穿行，透过黑压压的人群，依稀可见一个杂技演员已随着节奏登上舞台，开始在单杠上做着空中飞人表演。

　　不一会儿，从前排两个观众肩膀和头间的空隙中，你隐约看见演员双脚紧紧缠扣在木杠上，加速旋转，快得令人眼花缭乱，看不出人形。伴随着喷洒出的火花，演员仿佛是在金色的雨中表演空中大回环。渐渐地，随表演同步进行的音乐慢了下来；渐渐地，小丑的形象重现，红色衣服同金色交相辉映。金色的火花摇晃得更慢了，只在一些角落闪烁。这时，演员重回地面，向人群挥手致意。

2　致卢多维克·德弗兰克梅尼尔

女人们的裙子铺在台阶上，裙摆沙沙作响。人们穿梭其间，向顶层楼座走的时候，楼梯上一座手提煤气灯的雕像使人立刻想到一间妓院的入口。轮到音乐包围住你了，起初很微弱，逐渐响亮，在楼梯拐角处又格外清晰。一阵热气袭上脸颊，而就在平台上，你看到的是与楼下相反的景象，视线自下而上逐渐完整。幕布落下，被半封闭包厢的红色边缘一分为二，这些半封闭包厢呈半月形环绕着几尺之下的看台。

一位女引座正分发节目单，头上的粉红色丝带在小白帽上飘动。那上面印着的，是种将唯灵论和实证论合二为一的艺术：变扑克魔术的印第安人、声称会看手相和字相的女士、催眠师、梦游者、用咖啡渣占卜的女预言者、奥卡利那笛和钢琴租赁广告，以及伤感音乐合辑，这些针对灵魂。糖果、胸衣和肩带广告，治疗难言之隐的特效药，口腔疾病的特殊疗法，这些针对肉体。只有一件物品让人目瞪口呆：缝纫机广告。要是一张练剑室的广告，我们还能明白，因为这里的确有这么蠢的人！然而静音牌和辛格牌缝纫机[1]并不是这里的女工能摆弄得来的工具。当然了，除非这张广告放在这儿是作为一种正派的象征，类似于一种邀人投身纯朴劳动的游说。这或许是英国人为了使人改邪归正而发放的另一种形式的道德手册。

想象力一定是一件妙极之物，因为它可给人注入比头脑中既有的更荒谬的想法。

3　致莱昂·埃尼克

她们艳压四座，出人意料。剧场边的半圆形场地中，她们两两走来，浓妆艳抹，浅蓝色眼影，惊艳的红唇，束紧的腰上边双峰高耸。那手中的扇子一开一合，一阵香气随即扑面而来，混合着她们腋下的浓重香气和胸脯正散发出的淡淡的花香。

※1　辛格牌缝纫机（Singer）：著名缝纫机品牌，曾研制出第一台家用缝纫机。——译注

　　人们欣喜地看着这群姑娘，她们踏着音乐来到一处被窗子分割的暗红色的尽头，绕着装饰着镜子和吊灯的鲜红幕布，随着管风琴的节拍，像缓缓转动的旋转木马般盘旋着。人们盯着她们在镶了花边的裙摆中扭动的胯，白色衬裙被带起，像是流动的泡沫旋涡。人们唏嘘着，目光追随着这些姑娘。当对面走来一群男人，她们就钻入其怀抱，男人们手臂一开一合，时而远离，时而贴近。而观众只能在人头攒动的缝隙中隐约看见姑娘们的发髻在珠宝的装饰下闪闪发光。

　　过了一会儿，这场一直由同一群女子表演的节目还没有结束之意。你开始感到厌烦，于是竖起耳朵，注意到剧场中出现的一阵骚动。那是迎接乐队指挥到来的喧哗声。他高高瘦瘦，以指挥夜总会波尔卡和华尔兹出名。剧场上下掌声雷动，昏暗中还仿佛能瞥见一些女人苍白的脸。大师俯身鞠躬、起身。他梳着平头，留着花白的中式胡须，戴着夹鼻眼镜，背向舞台，身穿黑色套装，系白色领带。他波澜不惊地引导着音乐，感觉有些不耐烦，或者几乎要睡着了。突然，他转向铜管乐部，手中的指挥棒如同一根渔线，钓出了复奏部分的嬉笑怒骂，用粗暴的手势像拔牙一样拔出一个个音符，他在空中上下挥舞的手如在啤酒机上压啤酒一样压出一串旋律。

4 致保尔·达尼埃尔

这段音乐告一段落，剧场恢复安静，接着一阵铃声回荡其中。幕布升起，而舞台上仍然空空荡荡。只看到一群穿着带有袖饰和红色衣领工作罩衫的男人在剧场四处跑动，拉绳子，解扣钩，打结。一阵吵闹声再次袭来，两三个男人在舞台上东奔西跑，还有一位穿着更得体的绅士在盯着他们。人们正准备在乐队上方正对舞台的地方搭一张巨大的网。这张网从楼厅包厢的隔墙上被撒下，边缘碰上铜环时阵阵摆动，像海水拍打卵石一样沙沙作响。

整个剧场欢呼雀跃。乐队奏起了马戏团华尔兹，上来了一男一女，穿着高领肉色紧身衣，日式短裤，一条是靛蓝色，一条是青绿色，都装饰有银片和流苏。女演员来自英国，化着夸张的妆容，黄色头发，健硕的大腿上方突出了她丰腴的臀部。相比之下，男演员显得更瘦削一些，梳着精心打理过的头发，胡子两端向上卷翘着。他们被刷洗过的、大力士般的脸上浮现出理发师那些旋转的木质模特头上的固定微笑。男演员冲向一条绳子，顺着它一直爬到秋千上。秋千就挂在幕布前方的顶棚上，在缆绳和旗标中间，周围是吊灯。男演员坐在秋千的横杆上，臀部的肉被压得凸出来，他快速地做了几个杂耍动作，还不时地用一条绳子上拴着的手帕擦自己的手。

轮到女演员了，她爬进了大网中，从一边跳到另一边，每跳一下都像跳板一样被弹起，浅黄色的发辫也跳动着拍打着脖子。接着，她爬上了吊在楼厅包厢上方的一处小平台，隔着整个剧场面对着男演员，等待着。这时，所有人的目光都集中在她身上。

剧场尽头投射了两束光在她的背上，将她包围，光自腰部分散，将她从头到脚照亮，仿佛镶了一层银边。随后这两束光分别穿梭在吊灯中，踪影捉摸不定，直到投射在秋千上的男演员身上后才汇聚成一束青色光束，照亮了他饰有闪亮云母片的短裤上的流苏，如同一颗颗糖粒。

华尔兹伴着吊床几乎看不见的缓缓起伏，进行得更慢了。音乐配合着秋千的轻缓摇晃，幕布顶端射出的两束电光投在男演员身上，形成双重影子。

女演员身体稍稍前倾，一只手也抓住了一个秋千，另一只手握住一条绳子。这时男演员则迅速翻下秋千，双脚倒挂在秋千上，一动不动，头朝下，双臂展开。

这时华尔兹音乐突然停下，带来一阵绝对的安静。突然，一声开香槟的巨响打破了这阵安静。人群激动不已，剧场里响起了一声"好"[※1]。只见女演员放开秋千，用力飞身而出，飞过吊灯，双脚朝前，落在男演员的怀中。一阵钹声传来，热烈欢快的华尔兹音乐重新响起。男演员双腿摆动，摇晃女演员有一分钟，然后将她抛入大网中。她被弹起，衣服上点点的天蓝和银色使她看起来像是一条在渔网中不停翻动跳跃的鱼。

跺脚声、鼓掌声、手杖敲击地板的声音，一阵嘈杂喧闹伴随着杂技演员落地。他们刚刚消失在支柱间，人群又

※1　原文中此处为英文"all right"。——译注

开始吵闹起来。这时，这一男一女重新回来，男演员深鞠躬致谢，女演员朝着人群飞吻。接着，他们轻轻一跳，又消失在幕后。

大网被收起，剧场里响彻它那如海浪般的声音。

此时，我想到了安特卫普的大港口，我们在那里一样的轰鸣声中，听到即将出海的英国水手喊着"好"[1]。然而就是这样，看上去毫不相关的地点、事物相遇，被放在一起类比，一种初看古怪的类比。人们在身处的此情此景中能够忆起别处的快乐。这个混乱的事实有着两面性。此时此刻产生的短暂的快乐，使人想到它最终衰落、消亡的某一时刻。而透过记忆，人们又将它延长并更新，使它变得更真实，也更美好。

5

芭蕾舞开始。舞台布景似模糊的宫殿内部，挤满了头

———————————

[1] 同上页注。——译注

戴风帽的女人，在里面像熊一样扭捏摇摆。一个做狂欢节装扮的奥斯曼土耳其人头戴女士头巾，嘴上叼着土耳其长烟管，甩动手中的鞭子。风帽掉下，一群从郊外招揽来的埃及歌舞女郎出现在眼前，伴着三流乐队欢快的演奏蹦蹦跳跳。这音乐有时候好像添加了《比若老爹的大盖帽》[1]中的元素，掺在马祖卡舞曲中仿佛是为了突出一拨打扮成北非骑兵的女人们的到来。

这时，在舞台上的光束下，身着带有点点蓝光的白纱裙的舞者在舞台中央急速旋转，白纱中隐约透着她的肌肤。不一会儿，这首席女舞星逐渐现形，从其穿着的纱衣即可辨认。她跳了几下脚尖舞，衣服上布满的仿金亮片随她晃动，发出点点金光。她跳起后倒在自己的裙摆中模仿花朵的凋落，花瓣坠落，花枝飞舞。

然而在这场热闹的东方狂欢日，这盛大的"终场演奏"中，那些机械扭动屁股的傻高个儿女人并不能迷惑行

---

[1] 《比若老爹的大盖帽》（Casquette au père Bugeaud）：创作于1846年，是法国非洲部队的军队歌曲。——译注

家的双眼。这其中只有一个女人紧紧吸引住他们。她穿着北非骑兵军服，宽大的蓝色裤子，小巧的红色长靴，配有金色饰带的上衣，鲜红的紧身小马甲紧束着她的胸部，使得那双峰傲然突起。她跳起舞来像个放荡的女子，但她又是那么可爱和平凡，头戴有饰带的法国军帽，扭动杨柳细腰，晃动丰满的臀部，鼻子高高翘起，顽童般无忧无虑的神情使人感到亲切。这样的一个女孩，让人想起那些革命中筑起的街垒或被掀起的铺路石块，让你几乎嗅到三六烧酒^{※1}和火药的气息，唤起了一首暴民所上演的史诗，一场市民战争的夸张戏，而这些又因穿插的武装放荡聚会而缓和。

在这个女孩面前，人们不禁想起那些激昂的年代，想起那些暴动。那时候，被释放的美丽城的玛丽安娜^{※2}正冲出去拯救祖国，打穿木桶。

※1　三六烧酒：旧时一种85度以上的烧酒，兑水后成为普通烧酒。——译注

※2　玛丽安娜（Marianne）：法兰西共和国的象征，她象征着自由、理性以及法兰西民族、祖国和共和国具有的平民性质。——译注

6

舞台尽头是一片墓地。右边有一座墓碑，上面写着：……在此安息，死于决斗。深夜；微弱的音乐；空无一人。

突然，从左右两根柱子后，两个身着一袭黑衣的丑角在目击者的注视下，缓缓走来。其中一个人高高瘦瘦，好似德布劳[※1]创作的角色，他顶着一个像马一样长长的头，脸涂得白白的，一双眼睛在白色眼皮下一眨一眨。另一个人矮矮胖胖，更壮实，短鼻子，嘲讽的神色，红唇仿佛是苍白的脸上裂开的一个洞。

这两个人的出场给人一种既冰冷又强烈的印象。黑衣白面形成的诙谐的对比消失了，剧院里原有的肮脏的空想也不存在了。呈现在人们面前的，只有生活，让人喘不过气而又精彩至极的生活。

他们读着墓碑上的碑文，向后退了一步。他们一边摇

※1　德布劳（Jean Gaspard Deburau, 1796—1846）：法国哑剧演员。——译注

头一边转身，看见一位医生正在安静地缠着纱布，准备着他的医药箱。

他们吓得脸都变了样，苍白的脸上现出惶恐不安的神情。恐惧，这种可怕的神经性疾病把他们钉在原地一动不动，身体不住地颤抖。

两个人面面相觑，当他们看到从哔叽布中抽出的剑时，就更加惊慌失措了。他们的手抖得更厉害，双腿直打哆嗦，脖颈处感到呼吸困难，嘴唇打战，干燥的舌头在嘴里不停打卷。他们尝试着呼吸，手指在本应解下的领带上游荡、抽搐。

过了一会儿，恐怖继续滋长，而且变得不可抵挡，令人难以忍受，以致本已开始抗拒的神经瞬间崩溃，使人再也无法控制。这两个已经头脑混乱的男人突然想到一个主意——逃跑。于是他们推翻一切，慌忙逃窜。然而他们被目击者追回，被要求重新将剑握在手中，面面对峙。

接着，在他们最后一次反抗这即将到来的、人们等待的杀戮后，心中升腾起一股困兽的能量，他们疯狂地扑向对方，胡乱地挥剑。他们麻木不仁地做着令人难以置信的

剧烈弹跳，在剑与剑强烈的撞击声中，仿佛盲目、耳聋了
一般。筋疲力尽后，他们轰然倒下，如同弹簧损坏的人体
模型。

　　这次关于人类机器对抗恐惧的残忍的研究，以一出过
度的滑稽剧的形式，于混乱的夸张中宣告终结。剧场里的
观众或一直捧腹大笑，或突然扑哧一下笑出声来。仔细
探究这些笑声，我发现观众在这出哑剧中看到的唯有一
场杂技演员进行的招徕观众的滑稽表演，它为的是让女
神游乐厅这种闹哄哄的地方更加喧闹红火，就像游乐厅引
以为豪的那些轮盘赌和赌博球、留胡子的女人和射击角落
之用意。

　　对于那些更善于思考、思维更活跃的人来说，这又
是另一回事了。英国讽刺派的所有美学都在这些惹人发笑
的忧郁的杂技演员表演的桥段中被重新诠释，不愧是汉
隆·利斯剧团[1]的演员们！他们这出哑剧，在其冷酷的

※1　汉隆·利斯剧团（Les Hanlon-Lees）：19世纪中后期的一个剧团，擅长体操表
演。——译注

疯狂中显得如此真实，在其夸张中显得如此残忍幽默。而这只是对忧郁之国[※1]特有的悲喜剧和凄凉的滑稽剧的全新的、出色的演绎。这两种戏剧的特点，早已在一些出色强大的艺术家之作品中得到表达和凝练，如贺加斯[※2]、罗兰森[※3]、吉尔雷[※4]和克鲁克香克[※5]。

7

　　在女神游乐厅有两组必不可少又迷人的华尔兹舞曲。

※1　忧郁之国：指英国。——译注

※2　贺加斯（William Hogarsth，1697—1764）：英国油画家、版画家、艺术理论家，作品讽刺贵族，同情下层人民，代表作有铜版画《时髦婚姻》《妓女生涯》，理论著作有《美的分析》。——译注

※3　罗兰森（Thomas Rowlandson，1756—1827）：英国画家，尤擅漫画，描绘18世纪英国社会生活，创造了各种典型人物的滑稽形象，作品有组画《辛特克斯博士出游记》《生命之舞》等。——译注

※4　吉尔雷（James Gillray，1757—1815）：英国讽刺漫画家和版画家，他的蚀刻版画政治和社会讽刺性强。——译注

※5　克鲁克香克（George Cruikshank，1792—1878）：英国漫画家、插图家，始画政治讽刺连环漫画，后为时事书刊和儿童读物作插图，以为狄更斯的《雾都孤儿》所作的插图最有名。——译注

一组是愉悦而旋转的。这组舞曲伴随着空中杂技的平衡、小丑神奇的跟头、身体的节奏，身体凭借双臂的力量上下轻轻摆动，仅靠双腿的支持，身体向上翻腾，头部沿着上腹、小腹抬起，换双手抓杠，穿着被粉笔擦亮的鞋的双脚则在空中摆动。另一组舞曲却是病态般地耽于感官之享，展现在眼前的是充血的眼睛和因在"作案现场"被抓获而微颤的双手，被第三者的出现所遏止的冲动，因无处躲藏而告终的偷偷摸摸的艳事，与抽搐与企盼的肉体。最终，这一切都在钹和铜管乐器的震撼声响中幻化成痛苦的嘶叫与高潮的欢愉。

在这座剧场里上演如《魔鬼罗贝尔》[1]这样的戏剧是很荒谬的。这就好像是一位戏剧中的长者形象出现在一场娱乐性聚会中那样不相称。这里需要的音乐应该是堕落的、粗俗的。这种音乐里充斥着下等人的爱抚、平凡无味的亲吻、20法郎一次的风流韵事、刚刚享受了丰盛且价格不菲晚餐的人伸的懒腰，因经营不法生意而疲惫不堪的

※1 魔鬼罗贝尔（Robert le Diable）：中世纪神话人物。——译注

人，他们一边要在这周围忍受随时可能变糟的龌龊口吻，一边还要为钱和姑娘的蝇营狗苟之交易担忧。他们也会被那些刚刚成功干了一票的，正跟浓妆艳抹的女人们一起陶醉的盗贼感染，在这下流的音乐声中变得兴致勃勃。

8

真正美妙神奇和独一无二的是这座剧场具有的通俗喜剧的特色。

这里既丑陋又美妙，品位既低劣又高雅。这是一种缺憾美，是一件真正美的事物中的那份不完整。花园的长廊位于高处；木制拱廊上刻有粗糙的镂空花边，花边有菱形的，也有三叶草形的，被染上赭石色和金色；缀有绒球和流苏的织布天花板上绘有绛紫色和灰褐色的线条；仿制的卢瓦喷泉[1]上三个女人在位于绿丛中的两片仿青铜大托碟

※1　卢瓦喷泉：位于卢瓦公园的喷泉，建于1830年。——译注

中背靠背站立；花园的小径旁摆着桌子、灯芯草制的长沙发、椅子和由浓妆艳抹女人掌管的吧台。这一切使得这个花园看起来既像是孟德斯鸠街[※1]上的廉价饭店，又像是阿尔及利亚或土耳其的集市。

波耶特的阿兰布拉宫[※2]，杜瓦尔的马赛克[※3]，再加上那些开在旧时郊外、装饰着东方柱廊和镜子的酒吧沙龙那一股模糊的香气。这座剧场表演厅中褪色的红和积满灰尘的金同崭新的仿制花园的奢华毫不协调。这座剧场，便是巴黎唯一一处可以使柔情交易的装饰，和倦怠堕落的绝望同时散发出美妙香气的地方。

※1　孟德斯鸠街：位于巴黎第一区。——译注

※2　原文为Alhambra-Poret，Alhambra指西班牙的著名王宫，即中世纪摩尔人在西班牙建立的格拉纳达王国的王宫。Poret或为笔误，有资料称该句指建筑师波耶特（Bernard Poyet）。——译注

※3　原文为Duval-Moresque，Duval指建筑师Charles Duval，作品有巴黎的巴塔克兰剧院。——译注

女神游乐厅（旧）

女神游乐厅（新）

位于格勒内勒[1]

的欧洲酒馆的舞厅

我坐在一张咖啡桌前，旁边是两位正在交谈的女士。一位脸色红润、神情愉悦，灰白的头发下是清澈的眼睛，手中摆弄着她豆角树色领带上的蝴蝶结。另一位肤色暗黄、略显消瘦，用力吸着一个牛角制的烟嘴。

她们说话时互称姓氏，脸色红润的女士称她的同伴为奥蒙太太，她自己则被称作唐布瓦太太。

我坐在有两层台阶的一个小平台上，从我坐的地方，可以尽览舞厅。

※1　格勒内勒（Grenelle）：位于巴黎塞纳河左岸第六区与第七区。——译注

　　我的座位稍稍往上一点的地方，右边是乐队，左边是一池死水，水中竖立着人造洞窟的石子堆，里面靠墙雕有三座穿着饰有褶皱上衣的粉红色塑像，墙上绘有一条瑞士山谷。欧洲酒馆的舞厅被一道栏杆分成两部分。第一部分呈现的是一条由铁制廊柱围成的宽阔的长廊，地上铺着沥青、摆着桌椅，天花板上绿色的帆布如今受到煤气灯和渗水的侵蚀而有破损。第二部分延伸出去就像一个大厅，周围也是立有梁柱，上方是拱形的玻璃屋顶。人们可能会把这个墙壁破裂褪色的大厅比作一个小的火车站，而且这二者因为昏暗的灯光又变得更加相似，舞厅如同候车室的大厅，舞厅尽头在蒸汽中闪烁的红绿灯就像铁路的圆盘信号。舞厅和酒馆被一块巨大的玻璃隔板隔开，隔板在煤气灯下于蒸汽中轻轻抖动，使前方灯光暗淡的铁路变得模糊不清，就这样在一片迷雾中，越铺越远。

　　在这郊区的站台上，一大批人沸腾激奋。在尖锐的长笛声和大鼓的轰隆声中，军需官、行政职员、护士、参谋部秘书和新兵们，整个佩戴白色条纹肩章的部队都在手舞足蹈，欢腾雀跃。一些人是光头，头顶布满汗珠，双腿模仿剪刀一开一合；另一些人头戴扁平的法国军帽，像舞女夹着裙摆一样用两指捏着军大衣的尾部扭腰摆臀；还有一些人，他们手放在腹部，就好像在磨咖啡或是摇手柄。一位护士如跳四对舞一般高高跃起，小腿如衣袖一般扭曲，弯曲的手臂和紧握的拳头仿佛欲拔下瓶塞，使自己飞离地面。

　　大部分的女人都比较收敛且更加冷静。几乎所有人都在有礼貌地闲庭信步，卖弄着装腔作势的外表，如她们身上的节日礼服一样，也带着一种"星期日高贵"，由坐在靠墙的木头长椅上的父母们恰到好处地陪衬。

　　她们中的一些人，衣着讲究，佩戴名贵首饰，身上还保有着她们出身的巨石区※1出产的鼻烟壶那样的古式优雅。她们手上戴着在服装店花15苏※2购买的八扣长手套，其中两位身着紧身的暗黑色印度羊绒质地的服装，脖子上戴着乌黑闪亮的水滴式项链。她们正在格勒内勒

※1　巨石区（Gros-Caillou）：位于巴黎第七区，19世纪的烟草工场。——译注

※2　苏：法国大革命至1959年的辅币名，相当于1/20法郎。——译注

屠夫的怀抱中，表情泼辣地摇摆着腰身。这些健壮男子的皮肤如生肉一般，花花绿绿的丝巾在长袖的羊毛开衫上系成领带结。

那边的一些人既没有做出军人不知廉耻的举动，也没有表现出军人自命不凡的态度。他们更像下等人，却又没那么下流。他们站起来挺着大肚子跳舞，鼓起腮帮，扮演上气不接下气的人。然后，他们又像寒冬里的马车夫，像跳绳一样并拢双脚，双臂交叉搭在肩膀上，笨重地跃起。

"看哪，那是妮妮，喂，妮妮！"

这叫声穿过了乐队轰鸣的音乐声。在一群步兵中间，一个矮胖的女孩凸显出来，她正跳着四对舞，裙子撩起到肚子，马大普兰细布的短裤下，大腿随着她的舞动若隐若现。

"啊！哎哟，提提娜。"她向对面的姑娘喊着。那是一个16岁的黄毛丫头，嘴部前突，塌塌的鼻子下是一排略有缝隙的像被磨损了一样的短牙，而这些牙又在不停地朝外生长。她在一圈舞者中间，纤细的小腿被浅红色的苏格兰线长筒袜衬得更加细长。

"她跳舞的时候那衣衫不整的样子真是让人作呕。"唐布瓦太太一边指着妮妮一边说。这时妮妮正粗俗地用双拳抵胯，晃动胸脯，眼睛死死盯着天花板，舌尖从嘴里快速地出出进进。

"这小丫头，她那个长筒袜，你看看。"奥蒙太太双手合十回应道，"在她这个年纪，您能相信吗？嘿，真是的，要阻止体面的人带女儿来舞厅，只需要两个像这样的怪物就足够了！"

这两位老夫人喝了一口啤酒，然后又整理了一下挂在椅子上的大衣和帽子。

"你看，这里人可真够多的！"

"噢！别提这个了……人都快窒息了！"

"那么唐布瓦太太，您的生意还好吗？"

"还好，奥蒙太太，您要知道，开服饰用品店是不会一本万利的。"

"啊，那是！莱奥妮都变成什么样子了。"奥蒙太太感叹道，"您没注意到她吗？"

但是唐布瓦太太示意自己听不见她说话了。四对舞结束了。接着，乐队如精神错乱一般，单簧管狂风骤雨般似要击碎木管，铜管乐则用它冰雹般的声音鞭打着大厅，大鼓在钹那清脆的杯子打破声中激烈地震动着。

精疲力竭的乐师们终于停了下来。一些人忙着擦拭额头和脖子上的汗，另一些人气喘吁吁地倒出留在长号中的口水。黄黄的钹上沾着黑色斑点，就像大大的可丽饼，它们就放在大鼓上的鼓槌旁边。

"现在还真的不算太早，他们来啦！"奥蒙太太一边说一边看着她的女儿手挽一位参谋中士向她走来。"莱奥妮，来，穿上衣服，别冻着。"然后她披了一件大衣在女孩的肩上。"给，喝一点。"她又递给她一杯在跳舞时点的温酒。但是她的女儿不肯喝，她口渴，想喝点凉的东西。

"当我们浑身是汗的时候，应该喝热的东西。"她的妈妈说着，然后一边给女儿擦汗，一边将杯子送到她的嘴边。

"那么你呢，儒勒，"唐布瓦太太问，"你想喝这杯酒吗？"

"说实话，姑姑，"中士回答道，"绝对不能推辞，因为这里真是太热了。"他热得伸出舌头，"真的，一喝下去，哪都舒服了。"他一边接着说，一边擦拭着胡子："看啊，是卡巴纳，喂，在这儿呢，我的老朋友，怎么样，你好吗？"

"还算顺利。"一阵鼻音传来。卡巴纳是一位中士，脸上布满雀斑，一头火红色的头发。他礼貌地向女士们弯腰鞠躬，一阵沉默过后，他说道：

"这儿让人太渴了。"

好像没有人在意这位新来者的发现。

"您想点些什么？"男侍者一边跑一边喊道。

大家都闭口不言。

"什么都不需要。"终于，唐布瓦太太开口说道。

"早知道这样，就应该早点点东西。"卡巴纳说道，忧伤中带有些许刻薄。

"这就对了，奥古斯特。"那位善良的太太平静地回答道。她取出鼻烟壶递给奥蒙太太，然后将一撮鼻烟放在手心长长地吸了一下，鼻子还发出响声。

4065. PARIS - Boulevard des Capucines

巴黎旱金莲大道

　　一曲波尔卡开始，窗玻璃就像卡过一辆装满铁皮的火车一般震动。儒勒将手臂伸向莱奥妮，邀请她共舞。卡巴纳环顾了一圈桌子，看了看两位老夫人，转过身去，一声不吭地消失在舞池的人流中。

　　"我真是没有办法欣赏这该死的音乐。"唐布瓦太太诉苦道。一阵铜管乐爆炸般的声响传入她的耳朵，她转过身去恶狠狠地瞪着一位年纪大的长号手。这人鼻子上架着眼镜，面部紧绷憋得通红，就像被剥了皮的猴屁股，一来一去的吹奏伴随着铜管内发出的巨大的响声。

　　"这怎么可能！嗯，亲爱的，您相信吗？"然而她的朋友已经不再听她说话了，她眼睛紧盯着远处人群中的女儿，但只能看到她的背，女孩的脸紧贴着中士的脸。在交替回旋的舞步中，裤子的红、肩章的白、长裙的黑和衬裙的白时隐时现。不一会儿，她的女儿莱奥妮就完全消失在视线中了。一股红棕色的灰尘从地板中升起，又同悬在屋顶的蒸汽房中的水蒸气混合。在烟雾中，人头攒动，到处可见红短裤在跳上跳下，布满金银扣子的深蓝色束腰外衣垂尾在向上跃动。肩章上的流苏被胡乱甩在脸上，好似到处乱窜的蛴螬一般。

整个大厅仿佛都在颤动，红绿信号灯在烟雾中缓缓地闪烁，士兵和女孩们的身影摆动得几近模糊，仿佛在浑浊的热水中一般。

几滴水蒸气形成的水滴从天花板上落下来，奥蒙太太抬头向上看去。

"真搞不懂为什么弄这么个屋顶！啊！特蕾莎，您好吗？"她中断了思绪，去跟一位由一个重骑兵陪着上来的高个子的漂亮姑娘握手。

她很憔悴，然而在玫瑰脂粉和额头上整齐的刘海映衬下仍十分美丽，走来时神气活现。长裙下的裙撑是黑色丝缎北京宽条子绸质地，上方的蓝缎衬裙还镶有乳白色的花边。她头戴一顶巨大的达达尼昂式帽子[※1]，上面饰有石榴红的长毛绒，左侧别着一只灰色的鸽子。在她稍稍后仰摘帽子的时候，露出了孔雀蓝色长筒袜的上面部分和金褐色

※1　达达尼昂式帽子：法国火枪手佩戴的帽子，源自法国作家大仲马的小说《三个火枪手》中的主人公达达尼昂。——译注

的高帮皮鞋。

"还是一切如您所愿，都好吗？"她边说边坐下，故意伸出戴满戒指的手指，光滑的勺形指甲上涂着不自然的粉红指甲油。

"你，你想喝点什么，"她用生硬的语气对重骑兵说着，"葡萄酒还是啤酒？"

"葡萄酒！"

"伙计，一杯葡萄酒！"然后她继续说着，不再理睬重骑兵。

"莱奥妮呢？她还咳嗽吗？"

"还是老样子。说这不严重也没用的，我们还是一直提心吊胆。即使是这样，她也不理智，太爱跳舞了……而且，你一会儿就能看到她了，她在那儿。"

特蕾莎看了眼旁边正在安静喝酒的高大士兵：他看起来很笨拙，粗壮的脖颈上顶着使他看起来有些不满的平头，额头很低，留着厚厚的黄色大胡子。她看起来是要从这一眼里掂量这男子臂膀、膝弯和腰部的力量，还有他那必定如野兽般的气度。然后，她站了起来，眼睛盯着舞池围栏边的走廊，看来是在目测围坐在各桌的其他重骑兵的肩宽和野兽的脸庞。她满意地笑了，坐回在椅子上，又叫了一杯葡萄酒。

"特蕾莎，"奥蒙太太说着，并轻轻拉了拉特蕾莎的袖子，"莱奥妮在那儿呢。"

"这没什么大不了的，这个女人什么都不是。"唐布瓦太太低声地说，"她根本不认识这个军官……"

然而奥蒙太太却不高兴地说：

"这是吉莱老头的女儿，您知道的，就是那个在我们的楼层住了很长时间的卡伊家的机械师老头。特蕾莎会玩，玩的事情可少不了她，但是您看，这个女人，她正直善良的品行是无人能及的，她不会伤害任何人。然后，您知道，这品德对于她可是个奢侈之物，如果您能看出来的话。而且，她被一位正派的先生包养了……"

接着，她以一种神秘的口吻说道：

"一位贵族男子，我亲爱的。"

"啊，"唐布瓦太太说着，带着敬意凝视着特蕾莎，"她就是所谓的出色人物。"她高声说道，故意想被听到。特蕾莎笑了，唐布瓦太太受到了鼓舞，正准备间接地加入特蕾莎和莱奥妮的谈话。两人正争先恐后地喋喋不休，这时，唐布瓦太太注意到了她的外甥。他正在下面的舞池里用眼神询问着她，并做了一个干杯的手势。

"不，不。"老夫人赶忙劝阻道，"你最好别一次都干了，真是没见过你这样的！"

儒勒不再坚持，他转身加入了一伙同事。这些人正趁乐队休息的时候在舞池里散步。他们摆着架子，双手插在裤兜里，把口袋撑大后仰着，放肆大笑，拦截女人，投入同卷烟厂女工和小洗衣女工的追逐中，像孩子一样，陷入奔跑溅起的灰尘中，大叫着，为博得掌声而摔倒。不受待见的普通市民被士兵们冲散，仍然保持着冷静：他们当中有从战神厅※1和板岩酒馆出来的皮条客，百货商店职员，穿着西装精心打扮的工人，但仍能从他们粗糙的指甲和更黑的手指认出他们来；还有格勒内勒的屠夫，卷烟厂工

※1　战神厅：位于凡尔赛宫，波旁王朝时期的国王经常在此召开宫廷音乐演奏会或赌博牌会。于斯曼在之前的版本中将此比喻成郊区的公共场所。——译注

人，隶属于战事服务的部委职员，整个军需处的部队居高临下，翘起散乱胡子的两头，穿着军服上衣，坚定地打量着观众，感觉自己就是巨石区和格勒内勒区年轻女性崇拜的对象，是个被征服的国家绝对的主人。

乐队前方玻璃屋顶下一小块地方有一群兴奋地吵闹着的步兵，然而在这个步兵阵营旁边，在帆布天花板下，正在形成另一个更安静、更沉闷的阵营。在这个阵营里，一些龙骑兵、炮兵和辎重兵支队以及整个重骑兵连队正在喝酒。在舞厅中，他们穿着笨重的军服，这里严令禁止戴着鞋上的马刺跳舞，即使马刺已经套上了皮头，他们仍无法加入波尔卡和四对舞当中。他们睥睨着那些步兵和嗅着鼻烟壶的女人们，鄙视那些步兵，瞧不起那些不懂得欣赏他们的优越地位的黄毛丫头。而他们等待的，是一些更优等、更富有、更邪恶的女人。

"我去跳舞了。"特蕾莎起身叫了一声，"你，你还有酒，喝了它。"她对正一动不动地抽着烟的重骑兵说道。然后就离开座位投身于步兵群中。

"啊！怎么遇到这种人！"她说着，停在了一个男人面前。那男人穿着一件丑陋的浅褐色外套，一条粗纺厚呢脏裤子，一双鞋跟坏掉鞋面破皮却上过光的高帮鞋，脖子上系着一条醋栗色围巾，正好给颈上的油污镶了层边也遮住了衬衣的领子。

但是一阵巨大的叫喊声将她的声音淹没了。和他跳舞！和他跳舞！喊声响彻整个舞厅。

"待在这里，亲爱的。"奥蒙太太对莱奥妮说，"你累了，而且时间也不早了。"

"噢！就再来一轮。"她边说边看着向她走来的儒勒，随后被他牵着消失在烟雾中。

"马上就到午夜了。"老母亲很不满地叹息着，"就在今天，周日，有午夜场舞会。我本想着在这里变成低级场所之前离开的。您看，唐布瓦太太，真是说曹操曹操就到啊！"

而这时，只见大门外涌进无数吵闹的戴帽子和穿长裙的女人。她们的帽子或是饰有成堆的羽毛，或是带有奇怪双翼的火枪手毡帽。这些涂着粉红色腮红的女人前仰后合，鲜红的嘴唇里冒出来的尽是喊叫。地板上响起的沉重的靴子声与这些叫喊"交相辉映"。骑兵连开始行动起来，双臂在前，向这些女孩发起进攻。在这嘈杂混乱的人群中，充斥着军服外套和长裙，颜色有红的、黑的和白的。躁动不安的身体相互交织，女人们搂住重骑兵的脖子，士兵的平头仍然高出女人帽子上的羽毛。挤满了骑兵的走廊在发热的机器的隆隆声中消失在灰尘中，接着大厅的颤动终于停止，随之而来的是一场四对舞风暴。

"瞧这烟雾，我什么也看不见！"唐布瓦太太抱怨道，"我敢肯定我明天擤出的鼻涕都是黑的。"

"真是太吵了！"奥蒙太太捂着耳朵说道。

军需处的士兵没有理睬骑兵们的狂轰滥炸，转而向嗅鼻烟壶的女人们发起攻势，将她们拦腰劫走。一旁，妮妮正用别针处理裤子上半开的裂缝，腋下和脖子上都有大片的汗。现在，在一股强烈的羊奶酪味和骑兵衣服里发出的哈喇味中还混合着潮湿发热的军鞋军靴发出的恶臭、不修边幅之人的狐臭以及劣质的脂粉味。小杂种，奥蒙太太叹起气来，目光在寻找着自己的女儿。啊！你自己看，时间可不早了啊。来，既然你来了，我们赶快走吧，太晚了。

女人们开始穿外衣，中士和自己的姨妈吻别，和每个人都热情地握手道别。然后她们走下台阶，试图溜进重骑兵的阵营，可是刚走了几步，她们就被迫停下了。

"我们沿原路返回，朝着舞厅的方向走。"唐布瓦太太提出建议，"莱奥妮，你跟着我，我扶着栏杆。"于是她就沿着那个将大厅分成两部分的栏杆走，可是这边的出口已经关闭了。她们被困在那里，举步不前。唐布瓦太太杀出重围，高耸在那里，奥蒙太太和她的女儿赶紧追随着她的脚步，可是后面人的鼻子已经碰到前面人的背了。服饰用品店老板娘的身体完全被挤在她进来的那个缝隙中，唐布瓦太太就像被夹在两扇门中间，所有人都动弹不得。她愤怒了，使尽全身力气推挤着周围的人，她用肘部在人群中开辟出一条道路，拉着被妈妈推着走、被我紧跟着的莱奥妮向前走。在互相推搡的女人的叫骂声中，在将摇晃的托盘举过头顶的服务生的辱骂声中，在那些被部队战友抛弃的士兵的尖叫中，她们终于走到了酒馆的大门。

"扣好你的大衣，孩子。"母亲说道。可是咖啡馆仍然挤满了士兵，几乎找不到出口。

　　一大群骑兵和步兵正在那里乱糟糟地喝着酒。舞厅的两股人群会合在一个巨型的大厅，旁边配有台球桌和长椅。桌子上堆满了茶托和茶杯。衣架和挂衣钩无处不在，上面都无一例外地挂满了闪亮的战利品武器。饰有绛红色羽毛黑色鬃毛的重骑兵头盔、帽徽下绣着铜星的饰有翘起的朱红色长尾的筒状军帽、茜红色大盖帽、弹盒、刺刀、铜柄钢鞘闪闪发亮的直军刀或被到处挂着或被放在座位下面。这些武器随着门口吹进的风微微作响，鬃毛瑟瑟抖动，鸡冠状饰物上的羽毛随着摆动倒竖起来。

　　一直不断的嘈杂声又从洋葱汤和腌酸菜的热气中响起。不时地还能听到咖啡馆传来的断断续续的碰杯声，远处则是隆隆的鼓声。

　　"喂！莱奥妮。"

　　三位女士回过头来。门的凹处有一位年轻姑娘，一袭黑色压花天鹅绒，耳垂上点缀着两颗火花，坐在一个男护士对面。

　　"看！是路易丝。"莱奥妮说着过去跟她行了贴面礼。

　　"您好吗，唐布瓦太太？"

"还不错。"

"你们是从舞会那边来的吗？"

"是的。"

"快让我亲亲您，奥蒙太太。来，这儿还有位置，请坐。"

"哎呀！都挤成人肉酱了。"男护士小声抱怨着。

"喂，您说话注意点儿，行吗？"唐布瓦太太说道。

"哎，卡西米尔，闭嘴。"路易丝命令着。

"不，亲爱的，不了，太晚了。我们要睡觉了。"奥蒙太太说着推回让给她的椅子。

可是年轻姑娘仍然坚持着。

"就这么站在舞厅门口吹着街上的风，莱奥妮会着凉的。来，奥蒙太太，请坐下喝一杯。"

"好吧。"老夫人回答道，"那莱奥妮必须喝点滋补的东西，比如热酒。"

"噢！不！"莱奥妮大声说，"我可受够了您的热酒了，我要喝啤酒。"

接着她们就激烈地争吵起来。

"小姐为什么不两样都喝呢？"男护士建议。

奥蒙太太轻蔑地将这个士兵从头到脚打量了一遍，以此告诉他别多管闲事。咖啡馆的服务生走了过来。

"一杯啤酒！"莱奥妮说。

奥蒙太太摇了摇头。

"唉！年轻人啊。"她叹了口气。

然后对路易丝说：

"怎么样，路易丝，烟草生意有什么新闻吗？"

"还是老样子，奥蒙太太，永远都是一路货色。我们从早到晚地忙活，可挣的就那么一点。"

"这事得这么看，"老夫人一边回答一边观察年轻姑娘的打扮，"你得想，你这一身天鹅绒是政府出的钱吗……"说着，她就艳羡地用食指和拇指摸着衣服的料子。

"你说的是！"路易丝笑着说，"噢，当然还得继续卷烟啊！"

"那倒是，贝尔特她还好吗？"

"嗯，挺好的。"

"她还是手工卷烟吗？"

　　"不是了，您不知道，她现在用机械卷烟了。"

　　"啊！"

　　"对了，您知道特蕾莎也在舞会上的！"

　　"看，又是他。"唐布瓦太太打断道，手指着正在各桌间闲逛的卡巴纳中士，"快走，你个懒人。你要是饿了，就吃自己的拳头去，要是渴了……"

　　她接不上来下句了。

　　"孩子们，"她说，开始转换话题，吸了一撮鼻烟，"这里闷死了。"

　　"是啊。"路易丝附和着，眼睛却被两位打扮奢华的女孩吸引。她们眼眶很深，细长的黑色睫毛在涂着胭脂红眼影的眼皮上忽闪着，优雅的裙子上起了皱，硬质面料上系着细绳，别着别针。两个女孩一看就是从对岸的房子里过来的。她们自己就吵吵嚷嚷，弄出巨大的声响。她们叫了一瓶啤酒，可是服务生却被她们吓了一跳，扔下一瓶啤酒没有打开就不管了。因此她们就朝着伙计大叫着，他则在远处喊着："来啦！"然后就举着放满酒杯的托盘朝大厅的另一头走去。

"真是个浑蛋！"一个女孩说。她紧紧握住瓶颈，想要用牙开瓶盖，但是没成功，脸上的肥肉收缩着。

"没办法了。"她说着用手帕擦着掉色的嘴唇，把酒瓶重新放回去，瓶盖上已经被染上了粉红色。

现在，各处的桌子上都摆满了劣质的食物和饮料，椅子上则坐满了军人和女人。

这边，跨坐在龙骑兵膝盖上的一个女孩正用她的屁股紧紧缠住他的大腿，疯狂地抚摸套着羊皮管套的马裤里的臀部；那边，另一个女孩正在同重骑兵的大手掌十指相扣，他压碎了她的戒指，她哭着，几乎要因为伤心和疼痛晕过去。两排桌子外稍远的地方，有一个头戴高档绸缎包列罗小圆帽的高个女人，深紫红色的帽子上饰有大团的黄色羽毛。她正在一位愚蠢的炮兵身旁安静地吃东西，垂涎于眼前的洋葱汤，而且她把勺子举得很高，就是为了去够奶酪，舔着来吃——只有一个小姑娘，看起来好像被遗弃了，她出神地看着前方，嘴里咬着火柴，思考着什么。

台球桌上，一颗球被一个笨拙的男护士击掉到地面，滚到了一把长椅下面。椅子的吱嘎声夹杂着跺脚声和女人们荒唐的惊呼声在大厅里回荡着。一位受伤的士兵被他的同事们搀着倒在一把长椅上，脸已经变了样，身上发出劣质醋和氨水混合的臭味。一个喝醉的姑娘在她面前的一盘腌酸菜旁睡着了，一位军需官正在慢慢地吃着她的腌酸菜。

不一会儿，在这场萨托里[1]狂欢的酩酊大醉中，各种叫骂声开始响起。精神中的愤怒、吵架的本能、对粗暴的渴望、战斗的气息都在这一刻苏醒过来。争吵首先在一桌开始，随后就蔓延到所有人。这时，已经有一个重骑兵正站着辱骂一位坐着的士兵。从后面看这位重骑兵正被一些比他稍微清醒的朋友搀扶着，而我们看不见那位被他斥责的士兵。同时，在一张台球桌后面，格勒内勒的渔夫们正比画着刀子用单调缓慢的语调在舞厅出口威胁着要刺杀对方。

"场面有些难看了，我们快走，快走，趁现在街道上还没人。"奥蒙太太命令道。

※1　萨托里：萨托里高地，位于凡尔赛西南。——译注

事实上，场面确实变得很难看。我也闻够了士兵身上的臭味和羊毛粗脂味，急切地想吹一阵安静干净又沁人心脾的风。我照着这些被我认真观察了一举一动的女士们的样子，走了出来。

走到洛旺达尔大道[1]，午夜时分，在这死寂街区，我独自一人，整理着刚刚产生的一些想法。她们看来可以按照这样一个公理组成一个联盟：在巨石区和格勒内勒区，年轻女子的爱情从参谋部秘书和军需官开始，而成熟的女子，就转投入强大的重骑兵和辎重兵的怀抱。

此后，一些退伍的上尉通常会瞄上这些老去的下等女子的积蓄，想换些酒喝。然后，他们就会抓住这些假冒的马德莱娜，和她们结婚。那时的她们已经熟透了，即便是那些饱享俸禄的重骑兵，见到她们也会仓皇而逃！

※1 洛旺达尔大道：位于巴黎第十五区和第七区。——译注

于斯曼的画像

J.K. HUYSMANS
LITTÉRATEUR FRANÇAIS
NÉ Á PARIS EN 1848
EST MORT
DANS CETTE MAISON
LE 12 MAI 1907

1927

于斯曼的纪念碑

巴　黎

人物志

公共马车司机

"停下来，停下来！"

"叮！"

"哎哟！"一位胖大妈高高地撩起裙子，脸红得像朵牡丹花，被司机拽着手臂扶上来，踉跄几步，低声哎嗬着被甩到她座位上的两根桃花心木小杆子中间。

司机在他的大皮夹子里翻找了一会儿，把零钱找给了这个身体溢出座椅的胖女人，随后登上马车顶部，男人们拥挤地坐在木头上面，身体在马车夫的背后艰难地摆动着，车夫的马鞭噼啪作响。他扶着马车顶层的扶梯栏杆，摸到他的三个苏，走下来坐在一个挡住车门的活动小长椅上，无所事事。就在这时，我们的主人公漫不经心地看着这些颠簸赶路的不幸之人，在废铁击打般的噪声中、车窗玻璃的震颤声、马屁股时噼里啪啦的连珠屁和不时传来的车铃声中前行。他听着一个坐在母亲膝上的孩子嘟嘟囔囔的抱怨声，孩子的腿有节奏地拍打着邻座人的膝盖。然后，因为厌倦了注视这些在每一次震动都互相致敬的两排乘客，他转过身去，隐隐约约地凝视街道。

当小马车总是在同样的水沟、同样的路上歪斜着行进的时候，他能想些什么呢？被他用来消遣的，是那些在风中摇摆的出租房屋的广告牌，那些因为婚丧嫁娶而关着门的商店，一个闲置在生病的富人家门口的担架。早上，当这滚动的水桶开始它重复而徒劳的工作，一轮一轮地迎来又排出旅客的水流，自然不乏趣味，但白天，当他费力地读完广告，招惹完水果商那只一见他就乱叫的狗，还有什么可做的呢？还有什么可想的呢？如果不能时不时地抓

公共马车

公共汽车上的奥诺雷·杜米埃

住一个把手放在别人口袋里的扒手，生活将会无聊得无法
忍受。而这一大群男人和女人难道不是为他上演着虽然老
掉牙却总是令人欢愉的戏吗？一位娇小的太太闭着眼睛坐
着，一个年轻小伙子坐在她面前。是什么样的伎俩让这两
个素昧平生的人一言不发，却不约而同地一前一后下了
车，并在同一个街角转了弯。啊！既然不能运用声音和动
作，那么一条偷偷摸摸靠近的腿，又能表达出怎样一个炽
热而让人想入非非的信号？它像一只恋爱中的小猫那样蹭
着旁边女士的腿，发出满足的呼噜声，感到对方要避开的
时候又稍缩回一些，感觉这种抵抗弱下来的时候又撤回
来，大着胆子轻轻地夹紧她的脚！

　　多少年少时的回忆啊，嗯，司机先生？你还记得那
些年轻的岁月吗？在变成这个穿着整齐、腹部围着腰带
的先生之前，你，以法律的名义，与你生活的风暴，与
你倒霉的梅兰妮，被不可分割的纽带联结起来！啊！
你有足够的时间想起那粗暴对待你、让你吃冷饭、说
你一事无成，在你比往常多喝几口美酒时就说你是懒鬼
的婊子！

　　如果能够离婚并再娶一个，就像马修那样家庭幸福，生活就没有那么艰辛，孩子们就会被更好地教育、喂养，你就能更耐心地忍受上司的训斥。而这个失望的丈夫注视着一个服饰商的女学徒，她正在车的最里面，透过玻璃窗，越过正在奔跑的马屁股，看着人头攒动的街道。她看上去很温柔，这个小姑娘的双手还是通红的，跟这么年轻的姑娘在一起会是多么幸福，是啊，可是……

　　"要去库尔塞勒的乘客上车！"

　　"那儿有换车的吗？"

　　"上来吧，8、9、10号。"

　　"叮！叮！叮！"

　　于是马车带着那些胳膊、头和腿堆成的货物又启程了。那个小姑娘下了车，带着她那一箱子漆布朝远处碎步疾走。司机忍不住地想着她，细数那些她可能拥有的优点。

　　他仿佛看到她被他胡子轻轻刺扎时变得脸红。哦！她当然不会像他那暴躁、粗糙的老婆那样！当他离现实已经有百里之远，正徜徉在梦幻之国中时，那熟悉的叫声又把他拽回到工作中来。

　　"停下，停下！"

　　"叮！"

游走的女人

　　罪恶之于她，就像于其他人，充满了日常工作。它修饰了她的脸，使这张脸上放肆的丑陋变得有吸引力。带着丝毫没有消减的巴黎郊区人的优雅，这个姑娘因着她那些浮夸的首饰和被脂粉大肆修饰过的魅力，变得秀色可餐，吸引着那些已经麻木的欲望，和那些只有用猛烈的妆容和戏剧中纷繁的裙子才能唤起的迟钝感官。

　　在下等人中，她却能达到这样一种美妙的高贵不凡，一种有教养的平民女儿才有的高雅。这个干粗活的女仆褪下了晒成棕褐的肤色，和她那穷苦女人的恶心气味；贝壳粉取代了烟斗底部的烟垢，郁金香状的酒杯取代了无脚小酒杯，瓶子上覆盖着薄薄一层灰尘的名庄葡萄酒取代了粗俗的大杯皮卡洛酒和蓝葡萄酒，铁铺床变成一个覆盖着布料和软垫的大床，游走的女人此刻因其被氯化汞[1]和石膏小心修饰后的脸而耀眼，而后，溃败就在某个晚上来临了。波利特，这个严肃而乐善好施的出纳，在偷偷地给了她一段拳打脚踢的苦涩爱情，轻率地停留了一段时间后，又离开了这里，回到他的家中，每天责备他的儿子们品行不端。

现在，各种年纪的人留宿她家，生活起起伏伏。她在咖啡厅门口窥伺着，茶褐色的眼睛设下温柔圈套，但嘴角边那一丝痛苦而恬不知耻的微笑，吓走了那些只求从定期亲吻和意料中的鬼脸中寻求幸福的粗俗主顾。

她那神秘而阴暗的美得不到理解，无论寒暑，整夜整晚，她都在伺机出动，违禁打猎，朝着逃走的猎物开枪，在幸运的晚上，能打到一些醉鬼。

但大部分时候，她都空手而归，腹中空空，胃被酒精

---

[1] 一种皮肤漂白剂。

填饱，鼻涕狂流。她不堪忍受，孤独地睡去，想着那个抛弃了她的可怕粗人，想着那些在皮奈尔广场的小酒馆中焦急的约会，那里丑陋的三角楣上挂满彩旗，写着"来喝一杯里高乐波士酒"。

这个年代虽已那么遥远，那么模糊，游走的女人还是能在不完全的酒醉和极端的疲惫带来的清醒失眠中把它重温。已被完全掏空了的疲倦不堪的她，在想到给予那个男人的百般爱抚和激情的时候，还是会不禁颤抖。那些与这动人而又愚蠢的关心有关的细节又回到她的脑海，她又看到如牛角一般的，他耳朵上的细鬈发，他那些圆点子花纹的衬衣，那些她亲手为他系的领带，他需要钱给他其他的战利品买一杯里高乐波士酒的时候的那些轻吻和诱骗，这粉红色的香草味果汁，这破烂不堪之人的马拉斯加酸樱桃酒啊！

然后，清晨充满房间，然后下午又过去；但还要起床，来对付上天赐给她的残酷生活。时光流过，今日似昨日，明日又如今日。买家愈加稀少，或卑鄙地砍低付给她的辛苦钱。夜晚被人宰，白天也被人宰，被难以遏制的口渴所折磨的她，只能止住波利特的渴，后者作为回报送给她的是一阵阵惊人的拳打脚踢。而后，无情的穷苦加重了，因为这些爱恋和痛打、这些饥饿和放纵，她的眼睛深深凹陷进被打得青肿的脸上。为了不彻底死于饥馑，必须用肩膀填补深渊，或者用紧身胸衣的屏障包住溢出来的肉；那些填塞物，那些束身衣的钢骨，和那些描眉画眼的脂粉，已让游走的女人身无分文。她那些罪恶的庄稼已经成熟，稽查队也对她虎视眈眈。转眼间，自卸车来了，带她去往卢西纳医院[1]的顶层接受治疗。

洗衣女工

从荷马的娜乌西卡和惹人厌倦的人类历史起始开始，女王们就再也不自己洗衣服了。如果抛开那些在狂欢日里，在汩汩水声中和推杯换盏间被选出的女神们不说，那

※1　卢西纳医院，今日巴黎的Broca医院，曾经专于医治患妇科病的女人。

么衬裙和长筒袜的清洗，从很久以前就交给干粗活的女仆去做了，也是她们用粗壮的胳膊熨烫着衣服。很多年以来，洗衣女工们已经不再像朗克雷画中皮肤被晒成粉色的洗衣妇那样，在自己身上洒上安息香和琥珀香。如果说这些香氛依旧存在，那么被使用的情况也是偶然的，它们真正的功用很可能在更加赚钱的行业中，让她们不好公开承认。唉！她们的名声并不好……唉！年老的女人像母狗一般游荡，贪婪地吞咽和狂饮，被炉火弄得干渴……而那些年轻的小荡妇们为爱痴狂，走出洗衣间便有数不清的风流韵事……那又怎样！您是因此就认为她们的生活是快乐的，她们丝毫没有权利在酒瓶和床的深处埋藏那整日的忧伤了吗？嘿！她们也坠入爱河，她们也喝酒！因为站着干活，挂着的湿衣服上水如雨落，感觉到水从后颈上的发丝滑落，慢慢流到后背和股沟，满嘴呼吸的是湿衣服的水蒸气，后腰被机器的热火烧痛，肩上晃动的是几车之重的床单，走路时一扭一扭地驮着一个巨大的篮子，或行走、或奔跑，不能休息，把衬衫浸在蓝色的水中，使劲拧，把它们弄干，用热铁熨烫，给袖口上浆，把衣服烫出管状褶裥

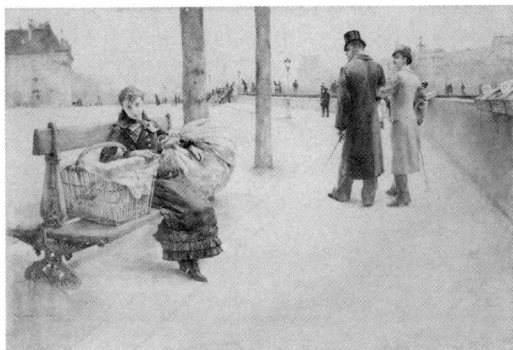

洗衣女工

或糟蹋了衣服，把衣服损坏，等它们被那些拒绝付账的女人们拿回来，设法让男人们赔偿这笔钱，这才是她们可怕的工作，她们可怕的生活！而她们中又有几人尚能承受得住这场受难的最后阶段！她们的受难从炉灶的拨火开始，在河里的小木桶边结束！当年龄已让她们肉欲的纷挠消失殆尽，摆在她们面前作为最后慰藉的是一杯低劣的烈酒。此时的她们已经为寻找一个急着赶工的老板娘，在大熊街的集市上徒然游走到早晨九点，她们会停靠在路边，炎症缠身，被搁浅在这条流过毕耶河儿茶色和欧楂色河水的穷病街区。她们在这里蹲下来，从淡红色的黎明直到炊烟的黄昏，衣衫褴褛、戴着包头的绸巾，被大木桶里的水一直浸到腋窝，她们轮换着手用肥皂洗涤，用洗衣棒槌来回敲打着在木板上滴水的衣服。

从背后看，当她们俯身陷入脏水中时，她们的脊梁骨透过满是污垢的胸衣冒出隆凸的部分，蓬乱枯干的头发凌乱地散在仿佛洋葱皮一般油亮的皮肤上。她们就在这里，瘦弱而沉闷，红色的旧雨伞下遮蔽着蓬草般的头发，对着辱骂她们的孩童如母狼一般吼叫，顶着盛衣服的背筐，重新直起她们骨瘦如柴的弯曲身板，一只拳头顶住胯部，另一只举在嘴前，当作喇叭筒，对着所有经过的人抛着满嘴脏话，这也让她们获得了行话中"蛮横的小水桶"的外号。

揉面工人

哦！创造了寂静燃烧的黑色眼睛和冰冷而刺激的嘴唇的忧郁造物者，描绘了卸去武器，在蓝色湖水中映照粉色的云纹拖地后摆的希达丽丝们的画家，华托[1]！在近来的某个寒夜里，我想到了你画中那嘲弄人的吉尔，他白色的脸上闪烁着焦急的眸子，圆形的嘴形成一个红色的"O"，像是肥厚的乳白色椭圆形面颊上的一个洞。

我在旧时市郊的大路上闲逛，月光下，卖下水的商人

※1　让-安东尼·华托（Jean-Antoine Watteau）：法国18世纪洛可可艺术风格的重要画家。

的炉条把参差的影子投在路边的烂泥上；我隐约瞥见一个个头过高的木偶沿着店铺疾走，一只手里拿着一瓶酒，另一只手里是一个烟斗。

我一点也不怀疑，这个奇怪的人就是那个调皮而狡猾的伙计，爱跟姑娘们调情的情圣和嗜酒如命的酒鬼，永远能跟戏剧里的头号滑稽丑角匹敌的人：皮埃罗。他贴着墙走，动作迅捷，目光阴险。突然，他在一座房子前停住，推开一扇小门，落入一个黑洞中，仿如一枝百合花连茎秆都一同浸入一桶墨中，随后，他又在便道边一个突然亮起来的酒窖中现了形。

透过凸出来的铁丝网上扭曲变形的网眼，我看到一块被覆上白粉的方砖，一排口袋，一个斧头，一个铲子，和一个和面槽——上面摇晃着两个没穿衬衣和外套的男人，脸色苍白地吼叫着冲向一块面团，面团落在凹槽的木头上，发出沉闷的响声。他们低声咒骂，哼哼唧唧，吐出含糊的词句，发出令人心碎的呻吟，一下下地使劲拍打着松软的面泥。吭！吭！吭！吭！啪！啪！吭……发黏的面就像一条一环接一环的游蛇，在他们的拳头下扭动！他们的身上汗流成河，球状的肱二头肌在手臂中跳动，大颗的汗珠在前额凝成珍珠，吸收着在太阳穴处堆积起来的面粉。

他们像狂怒的人那样在这堆面上猛打，然后发出最后一声撕心裂肺的喊叫，手臂随之停下了风车般的旋转。两个男人在和面槽上摩擦起手指，抓起酒瓶，毫无节制地痛饮起来，他们仰着头，喉结发疯似的在脖子上凸出来。

突然，他们的身体向前倾，将酒瓶口搜出双唇，嘴角两边流出细流，流到下巴满是面粉的转弯处开始逐渐变得黏稠。啊！我认出了他，你画的这个强盗和酒鬼的形象，华托！我终于又见到了他，这个无赖和贪吃鬼，但只是在几秒钟内，这个人才是真正的他。嗓子发出的和谐的咕噜声结束了。酒瓶子空了，男人们又在面包铺里重拾起他们艰苦的活计。

他们中的一人把面团捏成形，另一人把它塞进一个大砖壶，壶口敞开，桦树做的木柴燃起火花，砖壶也像起了火灾似的反射出淡红色。

哦！这些筋疲力尽的皮埃罗似的揉面工！在浑身漆黑

的水道工准备在地沟里用泵抽水的时刻，在一些人撬开别人家大门、一些人花大钱买来别人情妇的这个庄严时刻，你们在出汗、抱怨和喘息。围绕着响声阵阵的和面槽，开始了你们的战歌和野蛮人的舞蹈！像狼一般地吞咽和吼叫，像黑貂一般地狂饮，你们与穷人的上帝一起分享祷告的冲动：赐给我们每日的面包吧，哦，白色的角斗士！全是小麦，不加燕麦，好吗？但愿如此。

·

卖栗子的人

石板路颤抖着，被横摇的平板车和两轮马车磨得松动。野狗撒腿狂奔，而人们则加快了脚步，被突如其来的暴雨和冰雹震得眼花耳聋。房子上的风向标发疯似的旋转，并吱嘎作响，没关好的窗子发出令人心碎的呻吟，门上已经氧化了的铰链痛苦地叫唤，只有街角的一处，邻近的一个角落里，一个酒商的柜台前，卖栗子的零售商依旧无动于衷，对着已被冻得麻木的行人叫喊着：嘿！热乎的栗子，热乎的栗子！不论发生多么细微的琐事，或是严重的事故，这个男人都在视线内，他的肚子对着火炉，脸颊迎着风，让金黄色壳的栗子在带窟窿的平底锅上反复跳跃，或来回翻动在灰褐色粗布下用文火烧着的板栗！冬日的早晨，他已见证了多少出悲喜剧，多少小说的序幕，多少故事的收场，不管是冷得发抖还是冻僵，黎明都会照常升起！

他就在原地，在他的小摊前，燃起火炭，吹着气把炉灶里的火拨旺，全神贯注地听着送牛奶的人和看门人的那些闲聊、饶舌和风言风语。

从他面前经过了这个街区所有肢体残缺的人，所有邻居家的罪恶和缺陷。从办公地和门房的流言蜚语中揭露出住在一层的先生戴绿帽子的事，还精确到他妻子每周一次出现外遇的日子和钟点。再加上女仆们抱怨她们分配的酒的分量时，又讲出女主人的各种欲望、老板的企图，和他们的孩子累人而早熟的兴趣爱好。

从他穿上两个兜的围裙，同意捅破一个个粗布大口袋的那天起，倒是积累起怎样的一本低劣的流言编年史啊！

听到过多少与他擦身而过的情侣之间的温柔耳语或尖声
咒骂，见到过多少女酒鬼、多少假情人、多少醉汉和多少
可爱的暴躁之人被警察捉住，套上颈圈！他看到过多少次
摔倒、多少起车祸、多少根被撞断的肋骨、多少条脱臼的
腿、多少个脱位的肩膀、多少次人群在药店前的集会，而
他同时用小刀剖开板栗的棕色外壳，并用木刀不时翻动着
那些噼啪爆裂的栗子！

　　然而，在这个下贱的行业里，生活并非是玫瑰色的：
微风、毛毛雨、大雨、雪花随心所欲地侵袭；炉灶颤抖
着，在狂风中呻吟，散开大量的浓烟，刺痛眼睛又呛着嗓
子；炭被烤得发光，很快就耗尽了，老顾客们快步经过，
在他们的短大衣里显得耸肩缩颈，没有人停在小摊前；而
在这不幸的人身后，一道道玻璃窗把他和酒池隔开，里面
在一面镜子前的金属板上排列着一堆一堆闪闪发光的诱人
酒瓶，色彩生动，瓶肚宽敞。多么大的吸引力，多么大的
迷惑力！哦！谁在诉说着那一杯杯塔菲亚酒的魅力？千万
别朝那边看，可怜的穷人，忘了寒冷、饥饿和美酒吧，带
着鼻音，唱出你顽强的悲歌：嘿！热乎的栗子，热乎乎的

栗子！

　　去吧，就算疲惫不堪，就算被冻僵，对着发臭的生炭吹气吧，慢慢地吸一口烘烤出的蒸汽，把你的喉咙填满烟灰，把你煮沸的双手和烧焦的手指头浸到水中，把板栗的水沥干，给栗子去壳，把口袋装满，向贪吃的孩子和迟到的妇人们出售你的货物。嘿！哲学家，嘿！声嘶力竭地歌唱你那悲惨的老调吧，直到深夜，在严寒中，在木炭气的光亮里：嘿！热乎的栗子，热乎乎的栗子！

理发师

　　我们坐在一个桃花心木的穿衣镜前，镜子的大理石平板上摆放着一些小瓶的洗剂、蓝色玻璃制的米粉盒子、粗毛的头发刷子、齿多且磨尖的梳子和一瓶打开的油膏——蘸着黄色膏泥的食指印纹路显示出它的牌子。

　　这时，残酷的极刑开始了。身体被围在一个罩单里，一条毛巾被卷成一个衬垫夹在脖子的肌肤和衬衫的领口之间，感觉到因闷热而出的小汗珠在太阳穴处冒出来；一只手的推力一下子把你的头向右横倒，冰凉的剪刀让你的皮肤打寒战。

在剪发工摆动的铁片清脆的撞击声中，头发如雨洒落，落到眼睛里，钻进睫毛里，附在鼻翼上，粘在嘴角边，把人刺痛又让人发痒。忽然间，这只手的推力又一下子把你的头按向左边。

头向右，头向左，最后定住。这布袋木偶式的往复运动还在继续，被大剪刀的加速奔驰加剧了——剪刀运作在耳朵周围，舞动在脸颊前，划破皮肤，沿着鬓角行进，挡住被其明亮的光芒晃得斜视的眼睛。

"先生要看报纸吗？"

"不用。"

"天气不错，是吧，先生？"

"对。"

"我们可好多年没有过这么温暖的冬天了。"

"是。"

然后突然停顿片刻，这个忧郁的园丁闭了嘴。他把你的枕骨部位定在两个拳头之间，无视那些最渺小的卫生规章，快速地把你从上到下地摇晃起来，把他的胡子倾斜向你的前额，对着你的脸吹气，对着镜子里检查剪过的毛发是不是长度一致。他于是开始这里那里地修修剪剪，又重新跟你的头玩起了捉迷藏，他紧紧按住你的脑袋，仿佛要把它压到肚子里，以便更好地评判自己理发手艺的效果。啊！科学的益处到底在哪里？那些被吹捧的麻醉药，那苍白的吗啡，那忠诚的氯仿麻醉和令人镇定的乙醚都在哪里啊？

而理发师喘着气，因为筋疲力尽而像牛一般地呼着粗气，然后又一次冲向你的脑袋，这一回用一把小梳子把它刮净，同时用两把刷子不停地擦来擦去。

你一不小心，忧伤地叹了口气，而理发师则把刷子放下，开始抖动你的罩单。

"先生需要洗洗头皮吗？"

"不用了。"

"那用一点洗发液？"

"不用。"

"那先生就错了，这会让毛发皮层更紧实，消除头皮屑。"

你最后用无力的声音接受了洗发水，疲倦不堪地被制服了，只希望活着逃出这个虎穴。

于是露水一滴一滴地流到头发上，理发师把袖口卷起，揉擦着头皮。这个散发着橘子水味的露水随即变成了泡沫，你在镜子中惊讶地发现，自己头顶着一个盛满雪的鸡蛋盘子，上面插着理发师粗粗的手指头。

酷刑达到顶峰的时刻到来了。

你的头像球拍上的球一样，在红着脸发奋的理发师的手臂间飞来飞去。你的脖子发出断裂声，眼睛几乎要蹦出来，开始充血，整个人几近发疯。在意识清醒的最后时刻，在最后一句祷告中，你哀求上天，恳求他给你膝盖一样光滑的脑袋，一个小牛头，让你变成秃子！

但这套工序还是结束了。你虚弱地站起来，脸色苍白，就像大病初愈的人，被刽子手指引着。后者把你的头投到一个脸盆里，抓着你的后脖子，用大量的冷水冲洗，然后用一块毛巾把它使劲地压紧；你的头随后被放到一把扶手椅上，一动不动，苍白得就像一块被热水烫过的肉。在忍受了这些残忍的苦难之后，只剩下令人憎恶的最后几道工序了：被压碎的松脂的涂料涂抹在手心里，然后又覆盖在被梳子齿刮破了的头皮上。

完成了，你被松绑了，自由了，站起来了。你拒绝了肥皂和油膏的推销，付了钱之后撒腿就跑，逃离了这个危险的理发店。一到户外，精神的迷乱顿时消除了，你又找回了平衡，头脑又安静地开始了运转。

你觉得自己身体更好了，更年轻了。这个理发师给你拔了毛的同时，竟仿佛奇迹般地给你减去了好几岁。周围的空气变得更温和、更新鲜了，饱满的精神开始显现，但无奈又瞬间衰败了！因为剪掉的碎发掉进衬衫里，实在发痒。冒着感冒的危险慢慢回到家，不得不钦佩宗教人士们永恒的英雄主义精神：他们的肉体不分白天黑夜地，自愿忍受着那坚硬粗毛衬衣的刮擦。

风 景

海狸河

致亨利·赛亚尔

只有脆弱和伤感的自然景物才有趣味。我一点也不否认它的声望和荣耀，当它洪亮的笑声让其深色岩石为材质的紧身衣绷裂，让其有着绿色尖峰的胸脯在阳光下摆动，但我坦言，在其植物汁液酿成的珍馐美味前，并没有感受到那令人悲悯的魔力——不似大城市中的荒凉一角、一个干枯的小山丘、两棵纤弱的树木之间流淌的一条细流能赋予我的感觉。

　　归根结底，一处风景的美源自它的凄凉。于是，因为带着受苦难者才有的绝望姿态和深思的风貌，海狸河比任何一处景致都令我着迷。而我也为其水流和树木受到的侵袭而深感心痛，认为这是种极端的谋害！留给我们的，只剩这片令人悲伤的田野、这条支离破碎的河水、这方破烂不堪的平原了——人们却还要将这些瓜分！他们用铁耙刨走每一块地皮，拍卖掉每一盆水，将沼泽填平，使道路平整，拔掉蒲公英、荆棘和所有瓦砾和荒地上的植物。牛奶罐路(rue du Pot-au-Lait)和骡鸭泉路(chemin de la Fontaine à Mulard)被一片充满炉渣和灰泥残片的荒野环绕着，表面因为凸出的轮缘和凹进的花瓶底而起伏不平，到处散落着被苍蝇咬过的腐烂水果、烟灰和水坑。因为草上潮湿的动物内脏和烂泥浆里的堆积物而臭气熏天。而这两条街即将消失，这个从鹌鹑山丘(Butte aux Cailles)的自流井中望去的令人伤感的视野，这工厂的烟囱间隙中，被圆顶的先贤祠和圣宠谷(Val-de-Grâce)装点的远景，炭黑色云端的两个紫色的球，都将让位于那些美丽的动物、新房子里平庸的盛宴！

塞纳河景观

TOUT PARIS

84 — Rue de Ménilmontant (XX° a°)
Clocher de l'Eglise Notre-Dame-de-la-Croix

梅尼蒙当街

　　唉，那些决定要对这些河岸进行洗劫和掠夺的人们，难道从来没有为穷人的凄凉无力、病人的哀怨微笑所动容？所以他们只会欣赏那被装饰得精美的高傲的自然景致？他们从没有在忧郁的日子里登上俯临海狸河的小山丘？所以他们从没有注视过这条奇怪的河流，没有看到这个所有污垢的出水口，这个深灰色和淡铅色的潮湿肮脏之地，到处涌动着暗绿色的涡流，浮动着星星点点的痰渍，在一道闸门间发出汩汩水声，仿佛抽泣着，迷失在墙角的窟窿里？有一些地方的水看上去已经瘫痪，被霉斑侵蚀。它先是停滞着，而后又搅动着流动的炭黑，又重新缓缓流动，速度被淤泥减缓。在这里，光秃秃的茅屋、闭塞的厂棚、起硝的墙、积满水垢的砖，所有这些死气沉沉的色彩汇集起来，上面，一个挂在房间窗扇上的红色细棉布压脚被，仿佛闹钟一样投下一个响亮的音符。在这里，翻落在地的是轻革矾鞣工人的无窗之笼、轿形的两轮车、一个三齿叉、一个齿耙、枯死的羊毛形成的凝固波浪，一座堆成小山的鞣料树皮上，有一只羽冠鲜红的黑尾母鸡在觅食。空气中，被风吹起的羊毛、被刮擦过的皮拉伸后又松开，刺目的白色落在柳条筐中发绿的腐烂物上。地上，积水的小木桶和巨大的水桶，在枯叶和肮脏的蓝色中淹泡着熔化后的皮革干硬的外壳。更远一些，几棵白杨树插在黏土泥浆中，一堆破房子层层攀升，一个比一个高，在这些肮脏的牲畜棚里，一大群孩子在挂着脏衣服的窗口躁动不宁。

是啊！没错，海狸河只是会动的厩肥！但它浇灌着城市中最后的几棵白杨树。是的，它散发出可恶的腐臭和尸体的严酷气味，但请在其中的一棵树下抛下一架管风琴，让它在长长的撞击中吐出饱满的旋律，让一个穷苦女人的声音在这个悲惨的河谷中升起，让她在水前可怜巴巴地唱着音乐会上偶然捡来的一曲悲歌，一首赞美小鸟和乞求爱情的抒情歌曲，说说这呻吟般的声音是不是丝毫不能打动内心，这呜咽的声音是不是不似贫穷郊区那令人悲伤的嘈杂！若有一点阳光——悲伤的喜悦创造的奇迹——青蛙们就在芦苇下呱呱叫；一只狗伸展四肢，爪子分开，尾巴在空中摇晃；一个女人挽着一个小篮子经过，一个戴着鸭舌帽的男人慢慢行走，嘴里叼着短管烟斗；在几个在泥浆里打滚的孩子的看管下，一匹幽灵般的白色驽马在空旷的地上吃草。工程开始了。托尔比亚克街被填高的路堤已经挡住了地平线。石灰乳剂将用统一的白色盖住这受罪的街区中色彩缤纷的溃疡，被皮革商和油鞣工人的干燥室勾勒出的灰色天空也将很快被阻挡住。很快，诗人和作家们在这里的悠闲信步也将永远告终，他们曾无数次地走过这活跃又悲惨的海狸河纵横流淌过的原野。

杨树小酒馆

平原延展开来，干旱而惨淡。大面积种植的荨麻和蓟覆盖住它，很多地方被废弃的海狸河那些干涸的水潭切断。

一个池塘的尽头闪闪发光，在阳光的照射下，左边的部分像是玻璃杯的碎片，剩下的则在发霉，被星星点点的水涂上淡淡的黄绿色。

远处，有一两个摇摇欲坠的简陋小屋，床垫悬挂在窗边，奶盒和老锅里种着花；没有活力的树木参差不齐地排列，像乞丐那样露出它们残疾的手臂，在风中摇晃着脑袋，弯曲着树干，孱弱地从难以医治的土地中汲取不多的养分。

沿着这片平原，向右望，河水如细丝带一般流淌，围绕着一条桥拱下一直通向城墙边门的路。在一片不那么贫瘠的土地上，蔬菜的种植给一些地方披上绿装，八棵强壮的柳树紧靠着一个小屋，小屋墙正在建起来，漂亮的粉色涂料印迹落在树叶黄绿色的花边下。在上面的屋檐边，可以读到这个字样："酒品店"。在这些艳丽的颜色前头，在这些向水面倾斜的藤架前，我们很自然地想到剧院招待所的漂亮装潢。我们也不由自主地想到一个涂满粗陶土的房间、一个配有金属饰品的胡桃木衣柜、锡质的小口酒壶和印有公鸡和花朵图样的碗碟。我们寻思着，在桌子一角喝酸酒，从一个自家做的圆面包切下一大条，边吃边配上满满的酒和撒有小葱或肥肉薄片的丰盛炒蛋，应该会挺惬意。然后，我们走近，从一个小桥上跨过停滞的河流，这么一个漂亮、纯朴的小酒馆这时却阴沉下来，变得像个兽穴，像个专门坑骗新手的危险赌场。

粉色墙壁的微笑逐渐消失了，过早而来的可怕衰老令椽子驼了背，让屋顶也弯曲下来。布满裂痕的涂层变成一种残酷的红色。在这个简陋的房屋前，我们即刻想到令人恐惧的下等娼妓，一到夜幕降临之时就撩起衣裙，用匕首行刺。

伤痕累累的石膏涂层有着极丑陋的皮肤，上面隐约透出黑色涂料的刺花文身，四季流转中被腐蚀的字母依然可以拼出清晰可见的字样："煎兔肉、啤酒和葡萄酒，齐聚杨树酒馆"——一种令人不安的寂静笼罩着这个冷清的酒铺，路边悬挂的老旧的滚轮路灯开始变得凄凉而混浊；这幅景象让人一想到某天晚上可能独自一人滞留此处，就不禁打起寒战。

在藤架下，一块木板扣在四腿上搭成的桌子前，你会看到，在几次气急败坏的催促后，一个女佣在小道尽头现形，她头上缠绕着碎布头，眼睛深凹进去，空洞的脸颊上满是雀斑。

在询问了犹疑不决、惧怕警察的老板娘之后，女佣端来好几个酒杯，上面还带着没擦干净的唇印。她倒出来的马尿就生产于在平原上屹然耸立的这个巨大建筑物，旧时布朗什城门的餐馆。如果随着这个姑娘的视线望去，穿过树叶，你会在旁边的一个小灌木丛里看见一个睡着的工人，细棉布衬衫在脖颈处敞开着，短裤绷紧，系着一条皮腰带的肚子鼓起来。他转过身，咒骂苍蝇，丑陋无比的面颊显现出一角，这张脸堪比酒铺的墙，被紫红和血色的污迹弄得肮脏不堪。没有一辆小推车和两轮马车经过，搅乱这条荒凉小街的休眠。只有铁路的隆隆声不时回响着；一团团的白色蒸汽升腾起来，又隐没在藤架顶端。一只公鸡聒噪地啼叫，晃动着红色的鸡冠，摇摆着尾巴上的羽毛。一群羽毛呈金色和酒瓶绿色的鸭子发出可恶的呱呱声，猛然冲到海狸河中。河水刚刚苏醒，带着腐臭粪水的气息。如果你转向城墙，凝视被环形道路划过的天际线，得不到慰藉，但对身心有益的思索便涌上心头。

在上面，最上面，比塞特教堂遮住天空，竖立起它巨大的建筑主体，仿佛威胁似的俯视全巴黎，提醒我们过度劳累的感官矫揉造作的活力，提醒我们的头脑轻率而欠考虑的支出，提醒我们友情的痛楚和失落的抱负，以及等待它们的灾难性结局。

作为伟大而了不起的救生圈，它指示着城市的岩礁，比塞特使得这幅海狸河已经展现给我们的令人痛心的生命图景变得完整。海狸河在布克渡槽的位置是那样欢快，那样清澈，随着它的前进变得逐渐虚弱和浑浊，被人们强加于它的永无休止的工程整得疲惫不堪，苦工结束后它变得残废、腐朽，极度劳累的它最终流入下水道，后者一下子就吸收了它，并在远处、塞纳河的一个失落的角落，将它再次吐出。

中国路

致朱尔·博班

对于那些憎恶在巴黎整日抑制着嘈杂的欢愉，仅在周日才能释放的人，和那些想要逃脱富人街区枯燥乏味的大排场的人来说，梅尼蒙当(Ménilmontant)永远是一片希望之乡，一个温柔而忧伤的迦南之地。

就是在这个街区的一个角落，延展开这条如此新奇、如此迷人的中国街。虽然它被一座医院的建设给截去了一段，变得残缺不全，而这也给这条街平添了许多人类苦难的悲痛演绎，飘荡在没有树也没有花的院子里，连被栅栏和篱笆围起来的小房子也带着谨慎冥思的神态，但这条街还是保留了一条乡间小道的愉快面貌，被小花园和小房子着上鲜亮的色彩。

这条街就这样依然故我，它是对枯燥匀称的否定，是崭新大路式的平庸直线排列的对立面。它的一切都是歪斜的，没有砾石，也没有砖和石头，没有铺砌的地面中心是一条凿出的沟渠，路的两侧是橡木镶边，被苔藓印上青色的大理石花纹，被柏油沥青镀上光亮的金色。一条倒卧的绿篱延伸开来，卷起一长串的常春藤，甚至几乎要触到那扇似乎是在一堆旧建筑材料中买来的大门，这扇门上饰有线脚，上面依旧柔和的灰色穿透那层手工涂上的黄褐色，污浊的手印还依稀可见。

这个两层楼的小房子在爬山虎的细线缠绕中隐约显露出来，周围是一团杂乱的缬草、蜀葵和大向日葵。向日葵的金色脑袋蜕了皮，露出黑色的秃头部分，像是靶子的一道道圆圈。

然后，在木条篱笆背后，总有一个锌制的蓄水池，两棵被细线连在一起的梨树，用来洗衣服。还有一个小菜园，里面有开浅黄色小花的笋瓜、一些酸模和卷心菜的方块地，日本漆树和白杨树的影子投射其中，把这片菜地的边缘切成细齿状，并在上面画上格子。

而这条街就是这样，只是在有一线青天的时候，隐约露出红色和紫罗兰色的几角房顶。它越走越窄，时而弯曲，时而扭转，时而爬坡而上，一些地方竖立着老旧的煤油路灯，直到那条令人伤感的无限绵长的梅尼蒙当街。

在这个庞大的街区里，微薄的工资让女人和孩子们遭受着永恒的贫苦，中国街和与它汇合、将它横穿的其他街道，比如启程者街，和令人惊讶的奥菲拉街——其环形路线和突然的拐弯、它那不方不正的木围墙、那些无人居住的大凉亭、那些重归自然的被荒废的花园、丛生的小灌木和疯长的野草，这一切都是如此古怪离奇——它们都给这个街区带来了一丝独特的宁静色调。

这已经不再像是在戈布兰平原上的一处孱弱的自然景象，与住在此处的人们残酷无情的困境息息相关。在开阔的天空下，这是一条乡间小路，大多数从这里经过的人

都像是吃饱喝足了的，这是追寻孤独的艺术家们所向往的
角落。这是痛苦的灵魂们所乞求的避风港，他们需要的仅
是远离人群的有益休憩。对于那些命运不幸的人、被生活
压垮的人，这里是一处慰藉、一种缓解——痛苦减轻之感
正从视野中不可避免的德农医院而来，高处的进风口划破
天空，所有的窗扇里都充满苍白的面容，他们倾身凝视着
平原，用渴望康复的病人们那深深凹陷的眼睛。啊！这条
街对痛苦的人是宽厚的，对乖戾的人是仁慈的，因为一想
到这些可怜的人躺在这座长形大厅中布满白色床铺的巨大
医院里，人们就觉得自己的痛苦和抱怨是如此幼稚，如此
空洞。我们也会在这条小街隐藏的小别墅前幻想一个美妙
的避风港，小富即安的生活让人只需要在想工作的时候才
工作，不必因为生计所需而加紧完工。的确，一进入城市
中心，人们就理智地反复对自己说，在与世隔绝的小房子
里，在寂静和偏远离群的环境里，难忍的厌倦会令人窒
息。但是，每当他们再次沉浸到这条甜蜜而忧伤的街中，
印象仍旧一如往昔。仿佛在远方凝视着单调海滩时寻觅的
那种遗忘和宁静就在此处，汇聚在公共马车线路的终点，

就在巴黎的这条被遗失的乡间小路上，隐匿在那些贫瘠大路的一片欢愉和痛苦的喧嚣中。

巴黎北部城墙上的风景

从城墙的高处，我们能瞥见巧妙而又震撼人心的风景，看见平原疲惫不堪地伏卧在城市脚下。

远远望去，天空中，长长的圆形烟囱覆盖着方砖，在云中吐出炭黑色的气流。在低处，水平的屋顶覆盖住贴满铁皮和油毡的作坊，白色蒸汽流从稍微高过屋顶的地方散出，细细的铸管中咝咝作响。

光秃秃的地带延展开来，几个小山丘从中间鼓起，上面一群吵吵嚷嚷的孩子举起用旧报纸制作的风筝，风筝上装饰着商店大门和桥口分发的广告彩画。

暗红色瓦片的小茅屋环绕着玻璃般清透的湖水，不远处，巨大的双轮运货马车挺起系着铁链的上膊，在这里隐藏着一曲巴黎郊区的田园牧歌，一种足以让一个渴求关爱的孩子拼命吮吸的母性。更远处，一只拴在小树桩上的山羊正吃着草。一个男人正在仰天酣睡，眼睛被鸭舌帽盖住。一个坐着的女子长时间地修护着脚部的损伤。

一片寂静笼罩着平原，因为巴黎的嘈杂声响正一点点消逝，而那些视野中的工厂作坊产生的噪声也游移不定地传来。有时候，人们也倾听着北站经过的火车低沉而又刺耳的汽笛声，那声音犹如一阵可怖的呻吟，而火车则被种满洋槐和白蜡树的路堤掩盖着。更远一些，在最远处，一条白色的大路逐渐上升，消逝在天际，它的顶端，一个被弯曲的路面挡住了的小推车卷起一团尘埃，仿佛从上面升起一朵云。

接近傍晚时分，炭黑色的云层在白日将尽时的天空中翻滚，这片风景变得更加伤感无边。那些工厂只剩下难以辨别的轮廓，大块的墨色被青灰的天空吸收。女人和孩子们都回家了，平原看上去更空旷、更寂寞。在满是灰尘的路面上，被警探们称作"叫花子（mendigot）"的那个乞丐也返回住处。他已经筋疲力尽，流着汗，艰难地攀爬着斜坡，吮吸着早已经空了的短管烟斗，后面跟随着几只狗，那种样子极为奇特的混合杂交的狗，和它们的主人一样习惯了饥饿和各种跳蚤的可怜的狗。

但尤其是在这样的时刻，郊区的伤感魅力开始散发。尤其是在这样的时刻，大自然力量无限的美丽开始闪耀，因为这个地方与栖居在这里的家庭们的深刻苦难是如此的和谐统一。

大自然在人类赋予其的角色预期中，从一开始就是不完整的，它期待着这个主人的圆满完工及最终的润饰。宏伟的建筑物修饰的是富人居住的街区、满是黄油和冰爽白葡萄酒的闲适愉快的乡间别墅，如女人般装扮的蒙梭公园就坐落其中，高炉和锻炉矗立在如它们这般伟大而疲惫的风景中，这就是不变的法则。

正是为了运用这个法则，正是为了实现那萦绕在我们心头的和谐的本性，我们委派了工程师们来管理和思考，以便让大自然与我们的需求相匹配，使它与它所承载的或甜蜜或悲惨的生活相协调。

牛油烛之谣[1]

致加布里埃尔·蒂埃博

当卡索灯[2]的光辉高照着衣食无忧的家室，你独自点明阁楼一隅。此地，未至青春期的，那青涩又贫贱的少女，在白日梦中默默计算着，她的魅力究竟几何。噢，牛油烛，噼啪作响的牛油烛！

※1　原文为chandelle des six，一卷六支的蜡烛。

※2　纪尧姆·卡索（Guillaume Carcel）1800年发明的一种油灯。

之后，身体凋谢下来，在荒淫无度中衰老。一层层脂肪攀爬上她的腹部，胸部也垂如钟摆。那红颜汗水换来的金钱，被挥霍一空，前方唯有饥饿召唤。朱莉亚小姐已经不再，今日，人老珠黄的朱尔妈妈，酩酊大醉中将你扫地出门！噢，牛油烛，噼啪作响的牛油烛！

眼前的你，此刻唤起的，是我内心深处更私密的记忆。你的烛芯正燃烧着，在这一弯牛油之潭中生长，愈渐嫣红。在它面前，我看到我的童年，那些漫长的冬夜。在我泪水嘶喊中筋疲力尽的母亲，将我安放在厨房，聆听女仆朗朗读出的童话声。噢，牛油烛，噼啪作响的牛油烛！

少许，这些远方的记忆碎片也一帧帧消融。那些事关理想却已永久化为泡影的绵绵旧恨，重回眼前。这一次，我看到一个阴暗的角落。在等待情人叩门时，我恍惚地盯着门口，竖起双耳，一遍又一遍地告诉自己，她不会再来了。滑出曼妙舞姿的蝶蝇，扑到你的火苗上化为灰烬。噢，牛油烛，噼啪作响的牛油烛！

倘若今日，石蜡与煤油灯篡夺了你的位置，你将被最贫贱之人唾弃。至少，你被以皇后未曾享受过的方式膜拜过，噢，风中之烛！伦勃朗、杰拉德·杜、沙尔肯在不朽的画作中纪念你。他们用你点亮了弗兰德美人们白里透红的皮肤、稻谷色的纤纤玉指，她们伸出手掌，为你挡住风的叹息。噢，牛油烛，噼啪作响的牛油烛！

跋

公主，且让他人歌唱月亮那莹莹磷光，灯笼那艳红火焰，油灯那暖黄萤火，你是我唯一至爱，唯一心愿赞颂之对象，你是照亮历代大师之画作的理想之光。噢，牛油烛，噼啪作响的牛油烛！

达米安[1]

致罗伯特·卡泽

那疼痛的兴奋，是如此强烈，将一声嘶吼拖出了我的喉咙。我耳中嗡嗡乱响，不禁双眼闭紧。我感觉神经绞作

---

[1] 18世纪一位意图行刺法国国王路易十五的著名刺客。

一团，头欲裂为两半，浑浑噩噩中几乎丢失了意识。之后不久，我的知觉重回肉身——首先是听觉——我听到水流的声音，与一扇门的声响，从远方传来，极远的远方，仿佛来自梦境。

终于，我睁开眼睛，环顾四周。我孑然一身，身处一个贴着红色壁纸的卧房中，十字窗户隐于薄纱窗帘之后。铺着钩针蕾丝棉布的沙发上方，是一扇稍稍倾斜于墙壁的圆镜，以这个角度看去，它恰反映出我身后卧室的部分。我看见一个壁炉，之上是一台废弃的挂钟，以及空空的烛台。大理石水槽的两旁，两把敞口的低矮扶手椅放置在两台燃烧的煤气灯下面，灯在屋内一片静谧中吱吱作响。

就如一方清澈池塘边排开一圈灿烂的郁金香，圆镜旁，一圈艳丽的火焰在镀金木框的斜缝中闪耀着。我的双眼一片迷乱，已被灼伤。我想将它们从这燎燎繁花的边框上撕下来，浸于圆镜之水中，彻底清洗。然而，在镜中装满家具的景象中，一点金黄从壁炉中溅出，灼灼发亮，毒燎的火焰刺痛我疲劳的瞳仁。

我拼尽力气，转动眼睛，仰头直视天穹，恳求新的能量灌入，恳求力量的复活。

然后，我看到了一番可怖的景象。

在床上，一个人裸露的双腿和扭曲的双脚一动不动，僵硬的手臂紧贴身体。他的睡衣在膝盖上堆成一团，如水的眼泪仿佛欲滴而下，如烈酒，滴在他脸颊的皱纹中。他枯槁的面容苍白而憔悴，尖细的鼻子与嘴唇间，是层层皱纹，出卖了他不可救药之倦、病入膏肓之痛，以及劳顿盘身之灾。

在这仍然呼吸着的身体表皮之上，有缓慢的战栗如波纹掠过。

而我，如同在什么时候，目睹过这垂死时刻的挣扎。在记忆的迷雾中徒劳寻觅之时，灵光一现，豁然开朗，是在波拿巴街[1]，一个版画商的橱窗中。在那里，林林总总的绘画中，我的注意力被一张简单的老版画攫获。它描绘了一个男人，平躺在床垫上，四肢被皮带捆扎着，在他备受摧残的面容上，镶嵌着一双亡灵般的眼睛。近处，是头

※1　圣日耳曼区一条以书店与古董店闻名的街道。

顶假发与三角帽的士兵，身着镶着饰带的军官短上衣，裙裤绑在膝盖上，全神贯注，手握佩剑。他们身后，两名教会法官，手执羽毛笔若有所思地盯着监狱——即这幅景象发生之地——的穹顶。

恍然，我回想起这张古老版画下方，铅笔字迹的标题：达米安。我的思绪逆年代而上漫行，寻到那个曾幼稚地试图以一把小折刀刺杀国王之人。在脑中，我观摩了版画描绘的那庄严审讯，然后，我想象那个罪人被扯得四分五裂，正如他的真实遭遇——在格列夫广场[※1]上，被四匹马撕裂——我不寒而栗，因为我看到的他的形象，我头上的形象，正是床上镜中映出的我本人躺在床上的形象：扭曲的面容，憔悴的眼睛，僵硬的手臂紧贴着身体，睡衣在膝上堆成一团。

门的声响以及往来的脚步声打破了我沉迷的幻境。我一惊坐起，床上方天花板上那惹人怜悯的形象也随之一

※1　巴黎自1357年以来的市政厅（Hôtel de Ville）位于第四区的市政府广场，在1802年以前名为"格列夫广场"，Place de Grève。

动。重新找回脸上的表情时，我也重回到了我的躯体。

我起身，向壁炉走去。在壁炉台上，我早先放的一枚金色的20法郎闪闪发亮。我自顾自地微笑，并想道：

这种身体方面的类比，被我在一个拙笨的刺客与自身之间建立起来。而也许这种联系，在精神领域才更为恰当。

而且，事实上，我难道没有在精神上忍受过对那名弑君者相似的折磨？

我难道不曾怀着四种不同的思想，在精神的格列夫广场被撕扯，四分五裂？首先，是卑鄙的欲望；其次，是走入这个房间，理想即刻破灭；之后，是对之前一掷千金的忏悔；最终，是情欲欺骗后即刻留下的赎罪之痛。

烧肉的散文诗

致亚历克西·奥尔萨

是餐馆中烧出的虚假的牛肉，与幻想的羊腿，让老单身汉受伤的灵魂中，生长出同居之爱的幻想。

那温热、玫红、如水湿润的肉令人作呕的时刻已经到来。七点钟的钟声敲响。常常光顾的餐馆中，单身汉在寻找着他的老位置，发现已被占领，痛苦万分。在取下挂在墙上的，沾了红酒渍的餐巾，换了邻桌崭新洁白的餐巾后，他扫视那一成不变的菜单，坐下，满脸阴郁，一如每晚地，在面前服务生端来的汤中浸洗他的大拇指。

为了刺激丢失的食欲，他在原先微薄的晚餐支出上，加上了一些富余，包括浇了大量醋的沙拉与半瓶苏打水。

狼吞虎咽下他的汤，并将一截多筋无汁的牛腰肉在平淡无奇的酱汁中滑来滑去后，单身汉希望遏制那一阵强烈的反胃感，那种厌恶收紧他的喉咙，提起他的心。

他心不在焉，盯着一张从衣兜中掏出的报纸，眼前出现了第一幅幻象。他想起了一名年轻的女子，他本可在十年前娶她进门。他看见他们婚后的生活，吃着肥壮的肉，饮着纯正的勃艮第酒。但是，相反的画面马上浮上来。悲戚的灵魂前，一场他深恶痛绝的婚姻的各个片段渐次上演。他想象自己在新家庭中，被卷入那滔滔不绝的愚蠢交谈，参与没完没了的仅凭给数字安上老绰号取乐的乐透游戏。他看见自己是如此渴求上床入睡，而一旦上床，便将忍受他那暴脾气妻子的满腹牢骚。他看见，在冬天，他身着黑衣在一场舞会中央，跳舞的妻子投来的愤怒眼神将他从刚坠入的昏昏欲睡状态中拉出。他听见回家后的指责声，指责他在门厅时的愠怒态度，最终，他恍然看见，他被全世界看作一个戴了绿帽的蠢人。他用餐的专注被一个冷战打破，带着自暴自弃之感，他吞下一口糟糕的、已凝在盘子上的肉。

然而，嚼着那无味、僵硬的肉，忍着苏打水招致的酸气，单身的苦涩又涌上来。这一次，他幻想着，一个善良的女子，厌倦了荆棘丛生的人生，渴望稳定的未来；他幻想着，一个已经成熟的女人，饥渴的猎爱阶段已经画上句点；一个饱含母性、质朴的伴侣，为了食物与住房，甘心接受他所有的旧习和癖好。

没有要探访的家庭，没有要敷衍的舞会，在自己家中，每天，同一刻，桌布都准时铺好，不用害怕被妻子欺骗，没那机会，还有，生很多小家伙，以长新牙为借口叽叽喳喳地叫嚷……然后，随着在外吃饭的那种恶心愈演愈烈的，是找个情妇的心愿，愈加紧迫，愈加确凿。这单身汉，就如一艘彻底沉沦之舟，远远地看见美满幸福的海市蜃楼，如日般通红，在其之前，缓慢地，移动着一块宽阔的牛排，淌着大滴的脂肪。

是餐馆中烧出的虚幻的牛肉，与幻想的羊腿，让老单身汉受伤的灵魂中，生长出同居之爱的幻想。

咖啡馆[1]

火车站附近，广场的一隅，矗立着一个自然历史博物馆，在其中，人们可尽情赌博或酣饮。

这个地方一片昏沉，又不失祥和。这是一个开放给固

------

[1] 或指巴黎北站附近的飞鸟咖啡馆（Café des Oiseaux）。

茶和吗啡：1880—1914 巴黎的女人

定人群的咖啡馆，之中并无过客。她的大门只敞开给熟识的面孔，那些人儿，每次踏进门槛时便激荡起喝彩与欢笑声。这里的每个晚上，十位食利者齐聚一桌，在打牌时交换着平庸老套的政治观点，喋喋不休地以老板娘和她的猫怀孕的话题娱乐。这是如此热闹的一个小咖啡馆，每人都带着自己的烟管，上面刻有自己之名，是酒保赠予的新年礼物。而酒保，正一如既往地打着瞌睡，鼻尖几乎贴到面前的报纸上。有人要酒时，便抛出一句惨淡的、拖长声调的 "给"。

大厅的布置很奇怪。镶着扣子的深棕色皮质沙发上方，是两个玻璃柜，灰色的木头构架上描画着淡蓝色的线条，一直高到天花板，从上至下都填满了涂了油彩的鸟类标本。

正对着入口的两者之一，底部的柜子中，是装着黄色木质鸟喙的天鹅，腹部填着干草，几近爆裂、萎缩、不成比例的颈部上，画着白色的S。还有几只白鹮，爪子被涂了蜡与亮漆，头部是那种肮脏的红色，如醋栗果酱涂在面包上的红。

然后，直到顶端的橱柜中，堆着不计其数的鸟儿，大一些的，中等个头的，小型的，有的歪斜，有的弯腿，有的直立着。千奇百怪的带翅生物，有的看起来还算温文尔雅，有的家伙目露凶光，有如同丁字斧一样的喙，钉尖般刺出来，另外一些有针或糖夹般的喙。每只都长着同样的、橙色与黑色相间的环状眼，带着同样无神、呆滞的眼神。有着同样豆蔻色与椒色的外表，严重褪离的羽毛，和演员般古怪、愚蠢的自满神态。

走近看，这一大堆晦暗色彩的物体在柜子上投下的庞大、阴郁的污渍渐渐消散。它们既没被按类别排列，也没被按姓氏排列，在这悲哀又凶险的摩肩接踵中，这些斗鸡一样的鸟类顶着针头一样的喙，神情狠毒暴戾，盯着那些小巧的鹌鹑。它们正仰头向天，眼神和顺又带着恳求，迷失在红棕色䴖鹬与夜鹭的家族中，迷失在苍鹭的整个种群中。苍鹭们以一只足站立，天知道在等待着谁，也许在幻想着如它们一样肚皮鼓鼓、难以置信的巨鱼。

三只鸟儿，羽毛的颜色亮得耀眼，企图打破这幅画面阴郁的谐趣：一只污秽不堪的黄绿色雏鸟，标签已经不知哪儿去了；一只佛法僧，以雀跃的姿势定格在她褪色的丑陋绿衣裳中；还有一只雉，看起来多愁善感，金黄、火红的羽毛已经所余无几。

即使其中挤满了这些悲伤、滑稽的住户——它们整齐地排成一列，站着军姿，爪上涂了太多的釉，粘在黑色的木底座上，又或是栖息在贴满假青苔的树枝上——这个玻璃柜仍和另外一个形成鲜明对比，另一个，就如同情景剧中的一间大鸟笼。

那里，在一层层小板子上，堆着一大摞阴森丑陋的鸟儿，一群猫头鹰被掩埋在灰尘下，鸟喙如园艺剪般弯曲，褶皱的翅膀是火绒与灰尘的颜色。其中有阴郁的鸣角鸮，以拉丁语自命不凡地标着"Strix nebulosa"；乌拉尔猫头鹰，摆着盲人的思考姿态；巨大的雕鸮，面容狡诈而凶残；忧愁愚笨的乌鸦，如猥琐的绅士在稀薄的黑羽毛下战栗。

往上一些，这飞禽的墓园被一系列其他生物包围。它们该是哪个拍卖房中的货品，在某次破产甩卖时被打包卖出。寒鸦与小嘴乌鸦，更亲民，更世俗，以鄙薄的眼神望着它们的邻居；一系列老鸢，如若无骨，又满脸怨气，懒洋洋地陷在它们破破烂烂的，被蛀虫侵蚀的皮囊中；一群相貌无赖自大的隼；还有一脸暴躁专横的鹞。

房屋的主人，这博物咖啡馆的创始人，看似只是受困于一己之偏执。将壁橱塞满了以香料与樟脑保护的鸟骨骼还不够，他将自己的窗户装饰了黄色帘子，那种黄如失去黏性胶布的颜色，上面偶然又必然地点缀着海牙城的徽章：一只天鹅，嘴中衔着一条蛇。他将咖啡馆的柱子裹满了上了釉、塞满废麻的巨蟒，天花板上铺了模糊一片以吊钩固定的鲟鱼，庞大扁平的鱼，就如巨大的梳子。最终，如同压轴戏般，一条古老的鳄鱼，爪子分开，张着大口，打着旧皮鞋制成的补丁，没有残存的齿或是完整的牙，身体被一队苍蝇侵略，它们栖居在下颚的底部，在那里驻扎拉撒。

当有好奇之徒询问他这咖啡馆的来历以及背后故事时，服务生的惊讶溢于言表。以为人们在嘲弄他，他先是沉默，然后，意识到提问者的无辜，他同情又轻蔑地答："噢！在巴勒迪克[※1]有个更好的呢！"

然后，对这个答案满意了，你饮尽杯中的酒，对这些鸟儿之丑陋的面貌投去最后一瞥，一点也不想前去看一眼

※1　Meuse地区的小镇。

巴勒迪克，却在这些坐满老食利者的桌子前陷入了思考，他们的鼻子几近陷入面前的牌中，一动不动，仿佛被永久贮存在了这一座低劣的凡尔赛宫，这一个偷工减料的埃及，这一片飞禽与人类的广大墓地的葬礼气氛中。

轮回

死了，将她打得浑身青紫的男人死了，留下她的三个孩子，死时身上浸透了苦艾酒。

从那之后，她便在泥中跋涉前行，推着她的小车，并尖声叫喊着：货来了！货来了！

她丑陋得难以言表。她简直是个魔鬼：在摔跤者一般粗的脖颈上，转动着一颗通红、诡异的头颅，两个血红色的眼睛好似窟窿，其间突起一只鼻子，宽大的鼻孔如同烟袋，周围蜂拥着点点疱疹与雀斑。

三个孩子，他们的胃口好着呢！是为了他们，她在泥中跋涉前行，推着她的小车，并尖声叫喊着：货来了！货来了！

她的女邻居刚刚死去。

死了，将她打得浑身青紫的男人也死了，留下她的三个孩子，死时身上浸透了苦艾酒。

这魔鬼不加犹豫地接收了他们。

六个孩子，他们的胃口好着呢！劳动，再劳动！没有闲暇，没有懈怠，她在泥中跋涉前行，推着她的小车，并尖声叫喊着：货来了！货来了！

腋窝

致居伊·德·莫泊桑

那是种可疑的气味，如黑暗小巷中传来的一声呼唤般模糊。巴黎的一些工薪阶级聚集区少不了这种气味。盛夏，当你走过一群女工人面前，她们的粗枝大叶，与那日夜承接重活手臂的疲劳，便解释了袖间山羊般刺激气味的源头。

　　我追随一群铺完干草，在骄阳下经过的妇人的气味直到乡下，那种味道更烈、更糙，简直不堪，简直可怖。它像一管氨气般刺入你的鼻孔，或是干脆纠缠住你，以一种粗鲁的麝香味道刺激你的黏膜，如橄榄烹煮的野鸭，又如刺鼻的小洋葱头。但实际上，这种气味并不惹人厌恶或是觉得污秽，它与乡村的浓重气味十分和谐，如同本属一体。它是一个纯净的音符，人类欲望的呐喊，恰恰填就了家畜和森林辛辣的旋律。

　　然而，就这样吧，罢了，我不想多管这些粗线条的乡巴佬的腋窝，这些人卑贱又土气，无心濯洗也无暇歇息。我只想叙述我们城市中的女人的气味，当她们聚集在一起，香汗淋漓时，在冬天的舞厅里或是夏日的街道上，那精致又带有神性的气味。

　　未被细亚麻布或帆布过滤，未能如手帕上喷的香水般被提炼出来，一条舞会礼服中的雌性手臂的气味不甚明晰，不甚精妙，不甚纯净。在那里，氨水与尿液的缬草味道，有时生硬地凸现出来，甚至有一种淡淡的，带有氢氰酸味道的花朵味道，弱弱的一阵过熟的坏桃子混合在花瓣与花粉香精中的味道。

而正是此时，是巴黎女人最迷人的时刻。那个时刻，在铅灰色的天空下，在暴风雨将近的不祥之氛中，她走着，躲在她的伞下，如瓦壶一样大汗淋漓，眼珠在热气中几近僵死，胭脂被打湿，神色疲倦又干涸，她的气味被内衣滤过一遍后溜了出来，那个时刻，招惹人的张扬，与怯生生的精致合为一体！

女人再无时刻比此时更惹人渴求，牛津毛线裙从头到脚雕刻出她们的曲线，粘连在身体上，如贴身湿透的衬衫，将她们禁锢！她们腋下这芳香的召唤，不如在舞会上衣衫不整时的那种肆意乖张，玩世不恭，但是，却更易引出藏于男人体内的笼中困兽。

如女人头发的颜色一样变幻万千，如发卷一样波动起伏，腋窝的味道可被定义为无穷无尽。没有比它再朦胧的味道，它的范围穿越了气味的整个王国，触及山梅花与接骨木那令人头晕的气息，有时唤起的，就如同一个人卷起及吸完一支香烟后手指上淡淡的味道。

棕色毛发与黑色毛发女人的气味大胆放肆，红色毛发的女人尖刻与野性，金发女人的腋窝就如甜葡萄酒一样催人头晕，又惹人迷醉。你甚至可以说，这与她们双唇献出亲吻的方式是一致的：黑发女人更强烈、愤懑，金发女人更热情与亲密。

然而，不管腋窝下毛发的颜色是深色还是浅色，那一丛是如胡须般起伏或是如薄桃花心木屑一样卷曲，我们都该承认，自然拥有着母性，也有着先见之明，因为她赐予了我们这些调味罐，让这爱的菜肴味道更浓更醇。通常，它难以下咽，索然无味，即使对于那些愿意恪守其责的人，那些在婚床面前缴械投降，抛弃对安宁与节食的崇尚的人也是一样。

退潮

在巴蒂诺勒[1]，勒让德街上一家服装店中，一系列的

---

[1] 巴蒂诺勒，巴黎十七区一个地名，其中的勒让德街以路易·勒让德，法国革命期间一名政治家的名字命名。

女半身模特，无头无腿，窗帘钩代替了胳膊。珀克林材质的皮肤，分别呈灰褐、玫瑰酒粉、漆黑色，颜色分明，排成一列，刺于木杆上，或是摆放于桌上。

刚开始，你会想到一个立放着斩首躯体上半身的太平间。然而不久，断肢之身的恐怖便渐渐退去，转而，你被一种启发性的思考点亮，因为，这些胸脯，女人迷人的附属品，被制造半身模特的优秀裁缝的巧手那样诚实地重建。

这里，是带着男孩子气的姑娘们棱角分明的胸，小小的凸起，如玫瑰酒滴下的酒珠，被矮钉子钉出的一串精致的小包。尝到这青春期萌芽在我们身体中唤起自由的不安之感，人们欲罢不能，继续寻觅下去。

那里，是成熟、苗条女人的双乳，如小萝卜上轻放着丁香，如松树光滑的板子。还有一些，如虔诚人的煎饼，被诽谤与祷告磨损，上面镶嵌着单身女人的鞋罩扣子，长期的独身生活将它轧平。

一边，更远一些，生命的残缺不全开始上演。那种不幸由肌肉松垂，无力的双球蛋糕勾勒出来，破旧的露指手套，在哺乳的灾难、婚配的残害后万劫不复。

　　然后，商店中再远一些的桌子上，这些青春萌芽和过分的纯洁与淫欲，让路给了那些谨慎的资产阶级，半空的女短上衣，中等大小的乳房，绣球花颜色的乳头，而这紫罗兰色的小扣子边上，是一圈茶褐色的乳晕。

　　在健美女子极难察觉的丰腴后，在匀称女郎的高贵后，肥胖更惹人注目。突然，一系列可怕的浮肿、富含脂肪的形象出现在眼前：严重下垂的皮肤，肥胖奶妈砖红色或青铜色的下巴，庞大女人巨兽般的体魄，胖女人令人生畏的油脂皮囊，老矮胖女人魔鬼一样的葫芦——葫芦上嵌着橄榄色的铁钉！

　　看着这些如退潮后露出的胸，这胸脯的库尔提乌斯博物馆[1]，我们甚至可模糊地想到，一个地下洞穴，放置着卢浮宫的古董雕塑，同样层层叠叠的人类身体，赐给在雨天哈欠连天欣赏着他们的人们无上的愉悦。

---

[1] 库尔提乌斯博物馆(Musée Curtius)是一座考古学和装饰艺术博物馆，位于比利时列日的默兹河，是瓦隆尼亚的主要遗址。在1597年和1610年被修造成Jean Curtius（西班牙军队的军火供应商）的私有豪宅，用红砖和自然石块堆砌而成，拥有十字形竖框窗口。

然而，在无生气的大理石与珀克林材质的非凡丰腴身体间，又有怎样迥异的不同！希腊的乳房根据世代品位留下的一条公式所构造，而现在已经宣告死亡。这些约定俗成的形式已不可带给我们任何刺激，它们以一种冰凉的材质造成，我们的眼睛已经疲于这种材质。然后，我们说，如果巴黎女人脱下衣裳时，炫耀的是如此完美无缺的魅惑，你在欲望焚身时，却需要以这样单调的胸脯与千篇一律的乳房取乐，将是多么倒胃口！

与那些维纳斯死气沉沉的雕塑相比，这些裁缝家手中充满生气的模特是多么高出一筹，这些分块缝钉的胸脯是多么招人喜爱，眼前的景色激荡起无尽的遐思——在青春期的乳头与受损的乳房前，是自由的幻想，在被萎黄病缩成一团，或被脂肪拖得浮肿的上年纪的乳房前，是慈悲的冥想。

因为他们将这些不幸女人的挣扎带到你面前——那些绝望地看着自己的身体干枯或是膨胀，或是察觉到了她们丈夫的冷漠，察觉到即将被守护者抛弃，察觉到魅力的最后一道武装也要解除的女人们的挣扎，而那武装，曾经让她们在与那些男人紧缩钱包的必要之战中无往不胜。

执念

致爱德蒙·德·龚古尔[1]

公债呈上涨，工业证券持平，巴拿马下跌，苏伊士稳定——空白的纵横字谜；正确答案：保罗伊什奈，斯皮伽斯神父，卡昂之星，斯考德女士，提格雷小姐，大阳台咖啡馆的奥狄帕司——罗兰黑檀木油，盖约止咳糖浆[2]，俄国鸡眼药和威灵思药纸——奶妈寻找工作——摆脱秃头！立即生发，药到病除！马隆恩——秘密的感情。溃疡，抛售，皮疹：伽布、伊曼纽尔、皮什奈、阿尔伯特！

此时我站在一条路边，脚下的田野延伸到无尽远，口袋深处，我找到一张皱巴巴的报纸，背后读到的这些广告，让我心中萌生的对平静的渴求顿时垮塌。这张报纸将

---

[1] 爱德蒙·德·龚古尔（Edmond Huot de Goncourt，1822—1896），生于法国南锡，法国小说家。爱德蒙·德·龚古尔是龚古尔文学奖的创始人，是以他自己命名的、每年颁发一次的奖项。

[2] 一种药剂，医治喉咙感染、感冒等症状，印刷广告常见于小报。

我拉回了巴黎，我之前费尽力气脱离的对现世生活的担忧，又重回眼前。

不可避免地，我开始数日子。再过一周，我就要将行李箱重新填满，进入城镇然后找辆出租马车，然后，便是那塞满一大堆面目可憎的生物的车厢震耳欲聋的响声。之后便是回到巴黎，第二天，在一次辗转难安的睡眠后醒来，又将被这所有一切吞噬——让人全无胃口的生存，思想被挟持的痛苦，感觉的持续违和，还有那锐利的不相容之感，而人却必须隐忍这些，为了能有个饭碗，付得起房租。

啊！我们永远有个过去与将来，但永远没有一个可持续的现在。

然后，之前归家时的记忆激荡起来：我想起了到达火车站时弥漫上来的一阵忧郁，和街上被遗忘的臭气；我想起因我的缺席变得冰冷的房间所勾起的精神苦恼；还有那一种绝望，我再也不可在余下的日子里独坐，远离公共场合那些不堪忍受、从不闭嘴的人群嘴里喷出的喋喋不休。

这些都回到我眼前，我为了金钱数着这些货品，预计到又将听到那些热情的报价、彬彬有礼的拒绝、慷慨大方的建议，所有无法逃开的生存如同缓慢的深潭，我又该再次跌入。

除此之外，我们的确是在这条小路的堤岸上。我正向前走去，乡野的生活已经被黑夜拉下帷幕，古老教堂在峡谷之上的地平线浮出剪影，峡谷在阴影中看起来更巨大深邃。穿过教堂正厅，穿过面前那些透亮的玻璃，可以看见天空中黑暗的薄雾穿过。

但是，现时的幻想并未停留在我心中，所以，我尝试将自己的念想退回到过去，忆起前一夜荒弃山头上那份安详。花岗石间，刺柏向太阳伸展着它们绿色的松针，晃动着青色的果实。

然而，我也不能将记忆停泊在这幅画面中，它一旦形成，便瞬时消失。最终，我努力返回到我本身，探视我自己，止住体内泛滥的担忧，压住那喷薄而出的愤怒。但是徒劳无功，我重新落到了似是而非的信仰，微妙难解的理性以及潜伏隐秘的希望上。可怜的现在，终于顺遂其愿，已经结束。我备受折磨的午睡已经结束，所有的仇恨，所有的轻蔑，浇醒了我，怒气冲天地摇着铃声，我被如此攻击，被那可憎的报纸的那些纠缠不休的广告操纵。

公债呈上涨，工业证券持平，巴拿马下跌，苏伊士稳定—— 空白的纵横字谜；正确答案：保罗伊什奈，斯皮伽斯神父，卡昂之星，斯考德女士，提格雷小姐，大阳台咖啡馆的奥狄帕司——罗兰黑檀木油，盖约止咳糖浆，俄国鸡眼药和威灵思药纸——奶妈寻找工作——摆脱秃头！立即生发，药到病除！马隆恩——秘密的感情。溃疡，抛售，皮疹：伽布、伊曼纽尔、皮什奈、阿尔伯特！

鲱鱼

鲱鱼

致阿尔弗雷德·阿拉瓦恩

你的长袍，噢，鲱鱼，是一个调色盘，将落日的余晖、古老青铜的光泽、科尔多瓦皮抛光后的金黄，以及秋日落叶那檀香木与藏红花的绚彩收罗为一！

你的头，噢，鲱鱼，如金色头盔一样闪亮，你的眼睛就如黑色的钉子深深嵌入铜圈中！

这所有惆怅阴郁的色调，这所有粲然愉悦的色调，融合在一起，渐次点亮你鳞片织成的长袍。

朱迪亚沥青色与卡塞尔土色、焦炭的暗色与舍勒之绿色、范·戴克之棕褐和佛罗伦萨青铜色、铁锈与落叶的颜色旁边，闪耀着绿金色、琥珀色、雌黄色、铬色还有三月橙子的颜色，各有千秋，流光溢彩！

这耀眼又晦暗的熏鱼，当我凝神细看你布满网眼的衣裳，我想起伦勃朗的油画，我再次看见了他笔下那些骄傲的头颅，那些洒满阳光的肉体，那些珠宝首饰在黑色天鹅绒上熠熠发亮。我再次看见了他笔下黑夜中掠过的光芒，在阴影中拖曳的金粉，他穿过黑暗拱门绘却的旭日之光。

埃皮纳勒彩图[※1]

致欧仁·蒙特罗谢

这是布拉班特省靠近布鲁塞尔的一个小城。在灰纸般

※1 埃皮纳勒（Épinal）是法国东北部城市，洛林大区孚日省省会。摩泽尔河从市区穿过。该地的版画和图片生产是支柱产业，印制的版画色彩鲜艳，描绘民风民俗，内容多与宗教、历史相关。

的天空背景上，隐约可见淡墨描画出的房屋。

这里林立着山形墙的房屋，与一个头顶十字架的教堂，在这些耸起的屋顶中，一些如锯齿，一些如胡椒罐，一些如倒置的号角，一些如烛花剪，还有一个布满枪眼的堡塔。

也有一个巨大的、肉色的炮塔，塔顶通红。炮塔耸立在一家旅馆一隅，一名女子，颈上戴着管状褶裥的领饰，身着同为红色的裙子，正斜靠在旅馆的黄色阳台上。

这里似乎一时之间举城轰动。广场上，至少六个人正在向一名老人发问。其中两名是绅士，穿着路易十三年代的西装，一名胖子，有着玩偶般红润的脸颊，一位老好人与谐星的面相，地道的高卢人的容貌，没留胡须，穿着极正的朱红色的紧身外衣，一个大衣领，白色的尖融进了上衣的红，一只手中握着一顶灰毡帽，上面是蓝色的，与短裤上同样的污渍，另一只手中握着一大杯啤酒朝向老人，在绿色的、四只黄色桌脚的桌子上冒着泡沫。桌脚色调应是足够明亮的，因为其周边散开了大片同样颜色的色块。

老人正拒绝娃娃脸的给予，他指向他的手指，就如正在退阿尔塔薛西斯的礼物[1]，手指碰触到那一袭衣服，沾上了紫色的反光。

另一个绅士要苗条些，嘴唇上方是两撇小胡子。除了这一点，两名绅士几乎一模一样。两位都长着暗粉色的脸颊。那嘴唇、眼睛、耳朵、头发，都混成这一种色调，有时，这些颜色甚至跃出他们的面容，顺着衣摆与房屋流淌下来。带胡子的绅士正和蔼可亲地笑着，握着一顶大黄帽子，那黄色片片散落到他的手指上。两个人都在向老人讲话，他看起来很老，也很疲惫了，有些寒酸落魄地戴着旧猩红色的帽子，围着一条皮围裙，披着一件绣着褐色与红色补丁的绿外套，点缀着针线活修修补补的痕迹，下摆已经如鳌虾的尾巴开了花，还有一条巨大的蓝色斗篷，上面奔流过一条长长的胡须，那样雪白，如此雪白，人们甚至可以说，一朵蒸汽的棉絮正从他口鼻盘旋而出，如波浪般翻滚着直到地面。

※1 指古罗马希波克拉底（Hippocrate）拒绝阿尔塔薛西斯礼物的典故。

"你好，先生，让我有幸陪伴您片刻吧。"

他，看起来那样老，那样疲惫，回答道：

"先生，我不幸之极，我不能停步，我只能不停地前行。"

他们齐声回答道：

"走进这家旅馆吧，坐下歇息少许吧，进来喝一杯清凉的啤酒吧，我们会尽己所能让您愉快。"

老人回答道：

"先生，我在你们的慷慨下感到局促不安，但是我不能坐下，我必须站立。"

这时，绅士们惊呆了，那个胖子说：

"我们想知道您的年龄。"

瘦子加上了一句：

"您难道不是我们常说起的那位老人，我们称为'流浪的犹太人'的老人？"

那位飘着一条长长的胡须，那样雪白，雪白到人甚至可以说一朵蒸汽的棉絮正从他口鼻盘旋而出的老人，说道：

"伊萨克·拉克代姆[1]是我的名字,我有一千八百岁了。是的,我的孩子们,我就是流浪的犹太人。"

然后,他给他们讲述了他周游世界的漫长旅程,他翻山越岭,穿越陆海永不停息的脚步。当讲完这艰辛的故事后,他大声道:

"时间太紧,再见,先生们,我再次感谢你们的善行。"

然后,他用颀长的拐杖敲了敲地,一个小天使,穿着红裙,张开绿色的双翼,一手执剑,一只张开的手中,射出一道橙黄色光芒,指引着他继续上路,一直走下去!

天使飞过布拉班特省靠近布鲁塞尔的一个小镇。在灰纸般的天空背景上,隐约可见淡墨描画出的房屋。

天使飞过那些林立的山形墙房屋,与一个头顶十字架的教堂,在这些耸起的屋顶中,一些如锯齿,一些如胡椒罐,一些如倒置的号角,一些如烛花剪,还有一个布满枪眼的堡塔。

---

[1] 亚历山大·仲马(Alexandre Dumas)的一部作品名。意为"流浪的犹太人"。

释
义

噩梦

　　首先，是一张谜一般的面容。它疼痛，倨傲，从黑暗中涌出，被白日的光芒刺破——是迦勒底占星师的面容、亚述王的面容，又是复活的老西拿基立[※1]的面容，在他忧伤而深沉的凝望中流淌着时间的长河，那永远泛滥着人类愚昧的长河。

　　一只纤细的，如同一个女孩子纺锤般的手封住了双

※1　西拿基立（Sennachérib, B.C. 705—B.C. 681）：亚述国王。

唇，他睁开一只眼睛，就如同历尽了世代传承的、永恒的苦楚，自鸿蒙之初便在世上男女的灵魂中回响的忧愁。这难道便是人类最初的牧羊人，正注视着不朽的羊群在前行中互相冲撞，甚至自相残杀，仅仅为了一丛牧草或是一块面包？这难道就是上古的忧郁，最终认可，在喜悦带来的无力前，世间万事的无用之感？或者，这难道就是神秘的真理，它认识到，浮华与千变万化的面具后，隐藏的不过是同一个人在同样的善恶之间撕扯，他原始的凶残，只是隐藏在文明人与谨小慎微的伪善光环背后，未能在世纪的更迭中有丝毫改观？

不管是何物，这神秘之容让我心神不宁。我想要细看他遥远的眼神，却徒劳无益，我尝试探察它的脸，个人的苦难绝不可造就这样的脸。然而，这威严与痛苦的形象突然消失了，然后，在这一古老岁月的现代幻象后接踵而至的，是一番残酷的景象，一潭毫无生气又漆黑的死水，这死水漫延到地平线，尽头的天空犹如一整块的乌木板。没有银河系的白色焊缝，也没有星辰银色的螺钉。

在这阴沉的死水中，苍白的天空下，顷刻抽出一朵莫名之花的难状之茎。

你或许会说这是一根僵直的钢条，在其上生长出金属的叶子，闪亮坚硬。之后，花苞萌出，如蝌蚪一般，如胎儿的头，白乎乎的小肉团，没有鼻子，也没有眼睛或嘴唇。最后，一颗耀眼的、涂抹了磷层般的花苞，爆裂开，绽放出一枝苍白的花朵，在如水的夜色中静静摆动。

从这铅灰色的花朵中，一种极度的、个人的剧痛流散开来。它的线条同时讲述的，是一个衰老的小丑、一位迟暮的杂技演员为着罗锅腰而泣的悲痛，一位被消沉侵蚀的古代贵族、一位因数次破产欺诈而银铛入狱的律师、一位罪行累累，在监狱工厂中了此残生的老法官的不幸。

我自问，这灰白的脸究竟经历了怎样难以名状的苦难，又是何等庄重的救赎使其闪耀在水一方，如发光的浮标，或是一盏指路明灯，在生命的旅客拨开波浪驶向未来时，为他们照亮那潜伏浪底的可怖礁石！

然而，我甚至无暇为我自己的问题找到一个答案。这承载着屈辱与痛苦的恐怖之花，这虚幻的，活着的莲花枯萎了，它闪着磷色的光环熄灭了。面如死灰的律师、毫无血色的小丑、脸色苍白的贵族，被一幅更糟的景象取代。

取而代之的还是一汪水布，暗淡，满是苔藓，只是这次再没了苍穹。一块水之布，润湿一块一望无际的平原，这块水布铺满了整个巨大的蓄水池，它就如杜伊斯与瓦纳河旁那种有柱有顶的蓄水池。一种坟墓般的寂静笼罩着穹顶。从隐藏的舷窗的毛玻璃中，渗进褪色的日光。一股好似从隧道穿出的冰冷的风，糅进你的骨髓，在如此的孤独中，一种抑制不住的畏惧，如此强烈，紧钉你在石头长椅上，让你喘息着。石椅和水岸沿着这摊死水延伸开去。

然后，在这些令人畏惧、无声的穹顶下，一群奇异的生物突然涌现。一颗头颅，没有身体，飘荡着，如陀螺一样嗡嗡作响，上面有着一颗如独眼巨人般的眼睛，如鳐鱼一般的嘴唇，双唇间裂开一个宽阔的深沟，那鼻子，如看门人那肮脏不堪的鼻子，塞满污秽。这白色的、干瘪的头颅正从一个大水涡中探出，发着光，照亮了其他正跳着华尔兹的奇形怪状的头颅，一些刚生出头骨的胚胎，一些极难分辨的纤毛虫，含混不清的鞭毛生物，古怪的原生质，就如海克尔的深水虫[1]，又不似它们那样胶质黏稠，不似它们那样不成形状。

然后，轮到这有生命的物质的形体消失了，这可怖的头颅渐渐消散，这死水唤起的意念终于停止。

这个噩梦，有了一个短暂的停歇。突然，一轮太阳，中心漆黑，从阴影中浮现，如荣誉勋章般闪亮，四周发散着不同长度却齐整的金光。同时，花瓣从未知生物身上落下，小鳞茎上的黑刺李果实如珠子一样跳跃着，咖啡商的货车在空中悬挂着，下面，一个非凡的手技演员的裸臂挥舞着，他长着令人畏惧的双眼，如同外科手术扩整过那样滚圆的眼睛，瞳孔如车轮中间的轮毂般卡在上面。

这个玩转着星球之魔法，与香料与花朵的人，带着一个严厉高卢人的残暴感觉，一个嗜血成性的吟游诗人的专横姿态，他膨胀的眼睛之可怖，就如同一个铁环，蛊惑了

---

[1] 恩斯特·海克尔（Ernst Heinrich Philipp August Haeckel，1834—1919）：德国生物学家。海克尔假定存在一种生命的原始形式，"原核生物"，它是没有结构的原生质，但是已经具备了生命的基本特性。1868年，赫胥黎在从海底挖掘出的泥土表面发现一层胶状物。他认为这是进化第一阶段的活例证，并将其称为海克尔深水虫。

你，让你发根寒栗。

终于可以小憩。被错觉夺取的灵魂，尝试牢牢扎根，停泊在一条河上，但是下一番景象继续展开，召回了一幅多年被遗忘的、古老、类似的景象。在那沼泽之花生长之处，一棵前几日展览中见过的人类之花，返回并扎根于此，展现出这阴森概念的又一异变。

然后，水，可怖的水干涸了，它的位置被一片荒原取代，一片被突起与裂缝破坏的、火山爆发后支离破碎的土壤，一片化成煤渣的土地。就如同我们在贝尔与梅德勒[1]地图上的一场旅行中，见到月亮上一处沉默的马戏场，见到甘露之海，见到幽默与危机。在一切皆空的气氛中，在从未经历的寒冷中，我们在这静默衰亡的荒原中央流浪，在四周林立的巨大山峦，那些高耸的顶峰下战栗。它们的高度令人眩晕，它们的火山口是酒杯的形状，就如第谷

---

[1] 梅德勒(Johann Heinrich Madler): 德国天文学家。梅德勒曾是一名中学教师，1811年大彗星出现于天空中使他增长了对天文学的兴趣。之后他结识了贝尔，并一起制作月球图。

坑^{※1}，卡利普斯^{※2}一般！

在这忧愁的星球中，从白色土壤中钻出如方才黑水中涌现出的同样的茎。如方才一般，蓓蕾在它金属的枝条上正待绽放，一颗同样圆滚滚的头颅在上方招摇着，然而，它的悲伤更为朦胧，融化在一个可怕的微笑的嘲讽中。

突然，这噩梦完全被打断，接着是惶然的苏醒。确定那不变的脸出现，将我重新捉进她的手心，将我带回生命中，带到我醒来那一日，带到随每个新的早晨扑来的枯燥无味的琐事中。

这便是奥迪隆·雷东献礼给戈雅的一套画册在我眼前所激起的幻象。他是神秘之梦的王子，一位喜好地下水与岩浆进流的荒原的风景画家。而正是奥迪隆，这人类脸孔的交易者、画痛苦最精妙的石版画家、画笔的亡灵法师，为了讨几位艺术贵族的欢心，迷失在了现代巴黎的民主中央。

※1 位于月球南半球高低的一个突出的撞击坑，以丹麦天文学家第谷·布拉赫的名字命名。

※2 卡利普斯（Calippus）：月球上一座小环形山。

《唐怀瑟》序曲[1]

在一片连自然也不知该如何创造的景色中，在太阳苍白到最精妙，金黄稀薄得最高明的景色中，在一片纯粹的景色中，在病态得亮白的天空下，是乳色的山。水晶般白色的山顶，凌驾于青色的山谷之上。那景色让画家无法触碰，因为它只由视觉上的空想组成，由安静的颤音以及空气微微的潮气组成。一段奇特的庄严歌声响起，是段高洁的圣歌，从一队疲倦的、向前行走的朝圣者灵魂中响起。

歌声中，没有雌性的感情吐露，也没有那种温和的祷告者努力以冒险姿态获得现代的恩惠——上帝只赋予极少的人这种恩惠——之愿望。歌声中，也充满着从中世纪那些谦恭的灵魂内而生的宽恕的信任和赎罪的信念。崇敬与骄傲、雄性与诚实，它演绎了跌落到良心深处的罪人们极

---

[1] 《唐怀瑟》是一部根据德国中世纪传说写成的三幕歌剧，和《罗恩格林》一样，此剧是瓦格纳所有歌剧中广受世人喜爱的作品。

端的疲倦，通灵者在面对不公与堆积之错时长久的憎恶，也肯定了在救赎中的信仰宣认后，是新生活超越尘世的快乐，是重生心灵被点亮的无上喜悦，那种感觉，就如同他博尔山[1]在神秘超级光辉的笼罩下。

之后，这歌声渐弱，逐渐消失，朝圣者们走远，苍穹暗淡下来，白昼的亮光逐渐微弱，片刻之后，交响乐团带着昏暗的朦胧如洪水般淹进这荒谬又真实的景色。颜色的衰退，色调的喷薄，声音的晶亮，在圣歌最后一句回声时一同消融，沉没在远方。黑夜落在这人类才能创造的非物质的自然上，在不安的等待中，退回到它自己身上。

然后，一朵彩色的云朵，带着稀有花朵的颜色——枯萎的紫罗兰、垂死的玫瑰粉、银莲花惨淡的白色，发散开，升腾出毛茸茸的蒸汽，上升的色调变得更重，发散出不知名的香气，其中掺杂了没药树难以言喻的古怪香气和现代香水催人兴奋的复杂香气。

---

[1] 以色列北部著名高地。在下加利利地区，靠近埃斯德赖隆(Esdraelon)平原。

突然，在这个音乐的场景中央，在这流动着的幻想场景中央，交响乐爆发出来，寥寥几笔就描画出前进的唐怀瑟的轮廓，用文章般的旋律将他从头到脚勾画出来。黑暗被几缕微光捅穿，云朵的卷形就似胯骨的凸出形状，与鼓起的胸部的起伏一同颤动着。在天空蓝色的雪崩中，充满了裸体的形状、欲望的呼喊、淫欲的召唤、面对肉欲的冲动，从乐池间迸发出来。波浪形的树墙之上，昏睡衰弱的蛹之上，维纳斯升起，但不再是古典的维纳斯，那古老的阿弗洛狄忒，那个无可挑剔的轮廓，异教的色欲节日中在神与人中引出一片片嘶喊声的维纳斯，而是一个更加深沉、更可畏的维纳斯，一个"基督教的维纳斯"，若组合这两个词那反自然的罪行有权存在！

事实上，这不再是献给尘世之乐的不老之美——如希腊色情雕塑所表达的一样，那种激起艺术与感官的兴奋的美。这是邪恶精神的化身，是无所不能的色情的形象，是让人无可抵挡的超凡的女撒旦，她不断窥伺着基督教的灵魂，用美妙芬芳却邪恶的武器瞄准它们。

正如瓦格纳创造的，这个维纳斯是个人的自然特质的徽章，与善对抗的恶的寓言，是我们对抗自身天堂的自身地狱的象征，带我们穿越世纪，到达普鲁登斯[1]那首象征诗那不可撼动的庄严中。活着的唐怀瑟，经过多年放荡生活，撕破那无往不胜的女魔神的怀抱，在忏悔的童贞崇拜情感中寻求避难。

事实上，看起来，音乐家的维纳斯是诗人的色欲的后代，那身浸香水的、纯洁的捕猎人，将她的猎物在刺激神经的花朵中折磨致死。看起来，瓦格纳的维纳斯如普鲁登斯的最致命的神道一样，引人着迷，并将人蛊惑。作家用一只颤抖的手写下她的名字，"Sodomita Libido"。

但是，在她的概念唤起中世纪的寓言实体之时，也一并带来了附加的、现代的辛辣调料，暗示了现在这精妙的知识之河正流入这庞大的滚滚的原始肉欲享乐中。它在古代天然的底色上加入了一种刺激之感，终于证实，在神经

※1　普鲁登斯（Prudence）：古希腊神话中美德之父。

质的尖锐刺激下，英雄最终落败并瞬时被我们所生存的这贫瘠时代的头脑淫乱之昏收纳其中。

之后，唐怀瑟的灵魂弯曲下来，他的身体也屈从下来。被不可言喻的承诺与灼热的气息包围，他跌倒，神志不清地掉入那污染的云朵的怀抱中，被紧紧纠缠住。他富有旋律性的人格，在邪恶的胜利赞歌下渐渐淡没。然后，肌肉的暴风雨呼啸着，乐池中苍白的闪电与电流平息下来，这些象征炫目紫色与华丽金色之撞击声的铜器难以比拟的巨响也衰弱下来——一种柔和、玄妙的窃窃私语声，一种几近神性的窸窸窣窣声，便是讨喜的蓝色与轻盈的粉色，在已近拂晓的夜空中颤抖。之后，黎明升起了，踌躇不前的天空开始露出白色，就如被竖琴白色的音符涂抹，那些点缀其中的蹑手蹑脚的色调，最终下定决心，在一片华丽的颂歌中，在定音鼓与铜管乐器喧哗的华丽中竞相闪耀着光辉。太阳升起，如喇叭散开光束，将地平线厚重的线条劈开，就如在一个湖的底部攀升上来，那水面在它反射的光线中四分五裂。远处，是祈求和平的歌曲，是朝圣者忠诚之歌，将魔鬼之战中耗竭的灵魂最后的创伤洗净。

然后，在光明的荣耀中，在救赎的光辉中，物质与精神巍然挺立，善与恶合为一体，色情与贞洁被两个动机捆绑为一，彼此纠缠，混合着小提琴快速、筋疲力尽的亲吻，紧张、紧促的弦乐器迷惑而痛苦的拥抱。安静、庄严的合唱声蔓延开，随着那作为介质的旋律、已经双膝着地的灵魂的圣歌，庆祝灵魂最终的合体，庆祝上帝胸怀中不可动摇的坚定。

然后，颤抖着，心醉神迷着，你从那平凡的乐厅走出，这独一无二的音乐的奇迹在此处上演。你这样走出，带着对《唐怀瑟》序曲不可磨灭的记忆，带着头脑中对于它的三个乐章之不可比拟的光辉奇异的、原始的概括。

类似

致西奥多·哈农

帷幔升起，那帘子背后挤满的奇怪的美丽涌向我，一个接一个向我簇拥上来。

它们先是不温不火的波浪，缬草、鸢尾花、马鞭草与木樨草毫无生气的香味，带着弥漫着雾的秋日天空的古怪的哀怨，带着满月的磷白，诱惑着我，侵入我的身体。朦胧面容，轮廓飘忽的女人，灰黄色头发，涂了青色玫瑰与绣球花混杂颜色的脂粉，那些穿着褪色的彩裙的女人走到我面前，用香气弥漫我的周遭然后在平息后的遗味中烟消云散，化为一抹旧丝绸哀愁的颜色，一缕香气，如同旧浴室五斗橱中封存多年脂粉那种昏沉之香。

然后，视线移向远处，一种佛手柑与杏仁奶油精细的味道、苔藓玫瑰与西普香精的味道、马雷沙与新割牧草的香气在四处次第出现，为这雅致、清淡的交响乐会加上了一抹粉色，就像花宫娜富含感情的香气，如一个优雅、坠入爱河的女孩跳出来，她有着雪色的头发，眼波流转也带着调皮，裙上装饰着花哨的蔚蓝色、桃色，但这一切也就逐渐消退了。

现在，马雷沙、新割的牧草、缬草、鸢尾，那满带情感，或是沉着色调的调色盘，让路给了更具活力的色彩、更大胆的色彩、更强烈的气味：檀香、哈瓦那雪茄、广玉兰、黑皮肤女人与克里奥尔女人的香气。

在这些轻巧的气息，迷雾般的颜料，温柔、催人欲睡的气味后，在这些衰弱的玫红色与憔悴的蓝色后，在颜色的缝合与热带的前奏后，一些颜色在模糊的重复中粗俗地嘶喊着：赭石的沉重、粗绿的迟钝、棕色的愚笨、灰色的悲戚、石板的青黑、山梅花沉重的气息、风信子与葡萄牙花，她们带着微笑的脸上容光焕发，那些千篇一律的美丽的脸披着黑色涂蜡的头发，脸颊上抹着虹色贴满了滑石粉，裙沿毫不雅致地悬在肥胖贫瘠的身体上。随后赶来的幽灵般的幻影、噩梦的孩子、幻觉的纠缠，从原始野性的底布上涌出来，在黄绿色的雾霭中，或者硫化物那种灰青色的背景上涌出来的磷蓝色中流动。忧郁而神魂颠倒的美丽将自己的异族之魅浸入紫罗兰的阴郁中。爱伦坡与波德莱尔的女人在橙色燃烧的苦涩中摆着痛苦的姿态，嘴唇咬得流血，双眼被灼热的思乡之情折磨，因蛇发女魔、女泰坦，和外太空女人超越尘世的愉悦而张得浑圆，她们散发着无名香水的华美的裙子痛苦而暴戾的气息，紧扼住人的太阳穴，将男人的理性打破并远远抛开，比大麻的气味还要猛烈，比欧仁·德拉克洛瓦，那位伟大的现代大师的面容还要凌厉。

另一个世界的幻想，原始的骚动、暮色的色调，该轮到这些过分兴奋的流露消失了。一声号角后，更为匪夷所思的颜色爆发。

一小片紫色如火花般闪耀，香气的合奏扩大十倍，密密麻麻糅合到顶点，一次凯旋之行与一阵压轴的头晕眼花出现在门槛，就如站街女穿着奢华的裙子，在街上陈列她们的百般风情。所有的华美，包括兴奋的虹色，从胭脂红色的漆到旱金莲的火焰色，直到铅与朱砂的壮丽。所有的华丽排场，所有火红与爆发的金黄，从苍白的铬色到藤黄色，到大麦黄色，到金子的赭色，到镉色，一齐前进着。暴突的红紫色肌肉，红棕色、夹杂着金粉的毛发，贪婪的唇，余炭般的眼睛，呼出野性的气息、广藿香与龙眼香的气息、麝香与卡他夫没药可怖的气息、温室的沉重气息、快板与尖叫声的气息，火刑，红黄色的火炉颜色与火灾的气息。

然后一切渐渐淡去，原始的颜色登场：黄色、红色、蓝色，父亲的香水味：中路香、晚香玉、龙涎香出现在我面前，长久地彼此亲吻着。

当它们的嘴唇相碰，颜色便衰退，香味也渐淡，像凤凰从灰烬中重生，它们以另一种形式复活，以第二色的形式存在，以原始的气味存在。

红色和黄色让路给橙色，黄色和蓝色让给绿色，粉红色和蓝色让给紫色，那些无色之色、黑色和白色继续上场，从它们交缠在一起的手臂中，灰色重重地摔下；一个笨拙的女孩，一个蓝色蜻蜓点水的吻，变得光滑精细，精练成梦中的西达利斯：珍珠灰的颜色。

正当颜色合并，脱胎换骨之时，这些本质混杂起来，失去了自己的原型，由着自身的活力，或是倦怠的爱抚转变了自己，变成了或多样、或罕见的后代：马雷沙，提取于麝香、龙涎香、晚香玉、合欢、茉莉和橙子；杏仁奶油香，提取于佛手柑、香草、藏红花、麝香香脂和龙涎香；凯玛士香，提取于晚香玉、橙子、淋丝调味酱、鸢尾花、薰衣草和蜂蜜。

还有更多……还有更多……紫丁香及硫的颜色，鲑鱼和浅棕色，油漆和钴绿色，还有更多……花束、调味酱、甘松香，燃烧起来，并向着无限冒着烟气，明净、晦暗，微妙又沉重。

我醒来的时候……面前空空。我的床脚下，伊卡莉，我的猫兀自站立，提起右后臀，用粉红色的舌头舔了舔它一袭红棕色的毛发。※1

※1　1670年，马雷沙（Marechale）创造出含香的粉，被称为"La Poudre a la Marechale"，闻名有两个世纪之久，也被视为一种新的香精配方的典范。

译后记

　　执一支钢笔去完成艺术家画笔下的大千世界，是乔里-卡尔·于斯曼在《巴黎速写》中伟大的尝试。对于西方现代主义文学的转型，他是位集大成者、承前启后的作家，而面对巴黎，他仅是一位忠诚、细腻并带有些许神经质的城市漫游者。

　　假如他笔下的城在一夜间轰然倒塌，我们也可循着他的语句，将其悉心重新筑起，连最后一块砖石都归于原样。的确，当于斯曼在本书中描绘巴黎时，他近乎抛开了这段旅程的社会政治一面，而专心于美学一面。他并未如左拉一般对社会不公或是经济衰退表现出浓厚兴趣，与其将事物政治化，他更愿意将其唯美化。他的巴黎，对一些人是消失文化的记录、流逝时光的回顾，对另外一些人，则是对梦境的流连、对即将诞生的时代或真实或模糊的幻觉。不同背景的读者可以从各个角度来阅读本书，游记、历史、文学，或是传记，而毋庸置疑的是，这是巴黎那个时代消逝的景观文化美到窒息的痕迹。这段辞藻与意识流的旅程穿越街巷与人家，穿越语言的疆域，也穿越城市"五彩缤纷的溃疡"。于斯曼之父是位画家，而他本人曾称，有时会迷失在一位巴黎人与一位荷兰画家的身份间，《巴黎速写》便将这奇妙的身份重合展现在我们面前。

1880年，当本书首次出版时，于斯曼正在努力巩固自己在自然主义文学流派中的地位。而他又算不得一个纯粹的自然主义者——他的文学作品在风格上，在形式上都与运动的核心略微相左。《巴黎速写》更不能算是一部典型的自然主义作品。尽管有着自然主义一般对日常细节的微观描写，它华丽绵密的辞藻、对巴黎与巴黎人奇诡的描绘、对感官与魔性的追求都证明了自然主义再留不住于斯曼。左拉在阅读此书后，称他为"最大胆，最不可预料的语言大师"。不过几年，于斯曼最重要的作品《逆流》出版，无疑在文学界扔下了一颗炸弹，也标志了他和自然主义的决裂。他回忆了自己与左拉之间发生的冲突："一天下午，我们两个一起在乡间散步，他突然驻足，面色阴沉，责备我不该写这本书，并宣称我给了自然主义可怕的一击，把它引入了歧途。"

而《巴黎速写》，则可被看作《逆流》的前奏，却又不仅仅是《逆流》的前奏。在《1879年的女神游乐厅》中，于斯曼酣畅地描画了一个完全客观，与陈述者无关的世界。在《埃皮纳勒彩图》中，他娓娓道来了一个故事，讲述流浪犹太人出现的传奇一幕。在《噩梦》与《唐怀瑟序曲》中，又以暗指的艺术手法拥抱象征主义，挺进了超越日常的精神世界。在《巴黎速写》中，于斯曼用一支钢笔包罗所有艺术门类，把绘画、文学、音乐、香料各领域的精华融于一处，让读者的灵魂于其中燃烧、奔走、冲撞、体验极限，一同接受无上的洗礼与锤炼。从现实走向神秘，于斯曼的文学雄心在本书中展露无遗。

　　于斯曼的作品，除《逆流》之外并未有中文版与读者见面。捧起这本书时，我们心存敬畏，更多的是期待它在我们三位于巴黎真实生活过的译者手中重绽光芒。希望读者能够从译文中略微领略到原作的风采。译文中错误和疏漏之处在所难免，真诚欢迎广大读者批评指正。

郭欣

2015年1月 于纽约